Patricia Schröder

Schneegestöber

MIX
Papier aus verantwortungsvollen Quellen
FSC® C083411

5 4 3 2 1

ISBN: 978-3-649-66782-7

Text: Patricia Schröder
Umschlaggestaltung: Carola Sieverding
Lektorat: Maren Jessen, Hamburg
Satz: Ortrud Müller – Die Buchmacher, Köln
Printed in Germany

www.coppenrath.de

Das @book erscheint unter der ISBN: 978-3-649-66866-4.

Patricia Schröder

Schneegestöber

Oder: Der Tag, als Oma Grizabella verschwand

COPPENRATH

Ab auf die Hallig!

»Warum?«, fragt Anna-Sophia ihr Spiegelbild. »*Warum* ausgerechnet eine *Hallig*? Wieso kann das Ganze nicht in Hamburg stattfinden? Onkel Lothars Haus ist ja wohl groß genug.«

Meine Schwester sitzt mit hängenden Schultern und heruntergezogenen Mundwinkeln vor ihrer Schminkkommode und mustert sich finster.

»Darauf erwartest du ja wohl nicht ernsthaft eine Antwort«, erwidere ich und deute auf den Spiegel mit dem weißen Schnörkelrahmen und der blinkenden Schmetterlingslichterkette drum herum. »Ich meine, was soll Schneewittchens Stiefmutter dir schon groß sagen?»

»Klappe!«, faucht Anna-Sophia. »Du bist nicht gefragt.«

»Ich weiß«, murmele ich, während ich mit gezielten Handgriffen sechs Unterhosen (sofern man diese winzigen Fetzen, die mehr aus Spitze als aus richtigem Stoff bestehen, überhaupt als solche bezeichnen kann), sechs BHs und sechs Paar Socken aus dem eher unübersichtlich sortierten Kleiderschrank meiner fünfzehnjährigen Schwester fische.

Ich bin nie gefragt – zumindest was Anna-Sophia betrifft. Nicht dass es mir überhaupt nichts ausmachen würde, aber irgendwie habe ich mich inzwischen an diesen Zustand gewöhnt.

»Was tust du da überhaupt?«, knurrt sie jetzt.

»Deine Tasche packen«, sage ich. »Was sonst?«

Meine Schwester wirbelt herum. Sie springt von ihrem gelben Plüschhocker auf und stürzt auf mich zu.

»Tust du nicht!«, keift sie, schnappt sich die Reisetasche und kippt die Unterhosen, BHs und Socken, die ich eben hineingeworfen habe, auf dem Chaos aus, das sich anstelle eines Teppichs auf ihrem Fußboden befindet.

»Wer dann?«, frage ich.

»Ich natürlich!« Anna-Sophia verdreht die Augen und schüttelt verständnislos den Kopf. »Du weißt doch gar nicht, was ich mitnehmen will.«

Ich kreuze die Arme vor der Brust und stöhne.

»Das Auto ist seit einer Viertelstunde fertig gepackt. Wir warten nur noch auf dich.«

So wie immer! Wir, das sind Mama, Papa und ich: unkompliziert, bestens organisiert, durch so gut wie fast nichts aus der Ruhe zu bringen und im Grunde immer fröhlich. Dass Anna-Sophia auch zur Familie gehört, sollte man manchmal gar nicht glauben. Okay, ich habe natürlich auch so meine Macken: zum Beispiel Angst im Dunkeln oder extreme Schreckhaftigkeit, was das plötzliche Auftauchen von kleinen Tieren mit langen Schwänzen oder gezackten Flügeln angeht. Aber das ist für ein Stadtkind ja wohl eher normal.

»Und wenn ich nicht mitfahre?«, entgegnet Anna-Sophia.

Dagegen hätte ich persönlich eigentlich nichts einzuwenden.

Ich fürchte allerdings, dass meine Meinung in diesem Punkt ebenfalls nicht gefragt ist.

»Okay«, sage ich also und stapfe aus dem Zimmer.

»Und?«, fragt Mama, die gerade einen prüfenden Blick in ihre Handtasche wirft. »Ist deine Schwester endlich so weit?«

»Nein.«

»Nein? Aber ich hatte dich doch gebeten, rasch ein paar Sachen zusammenzusuchen, damit deinem Vater nicht doch noch die Hutschnur reißt und wir …«

Ich lasse meine Mutter nicht ausreden. »Sie fährt nicht mit.«

»Wie bitte?«

Mama guckt mich ungläubig an. Dann atmet sie geräuschvoll aus.

»Offenbar gibt es hier eine Kleinigkeit zu besprechen«, sagt sie, fegt an mir vorbei und verschwindet mit energischen Schritten in Anna-Sophias Zimmer.

Zehn Minuten später sitzen wir im Auto.

Keine Ahnung, was Mama mit Anna-Sophia *besprochen* hat, und ich will es auch gar nicht wissen. Jedenfalls kauert meine Schwester nun neben mir auf der Rückbank. Mit angezogenen Knien, rot geheulten Augen und iPod-Stöpseln in den Ohren.

Papa startet den Motor. Auf längeren Strecken fährt meistens er zuerst, weil er als Beifahrer immer so schrecklich müde wird und sich anschließend nicht mehr richtig konzentrieren kann. Außerdem sitzt Mama sowieso lieber im Hellen hinterm Steuer und im Moment ist es noch stockdunkel draußen.

Ich beuge mich nach vorn und versuche, die Angaben auf dem Navi zu entziffern. »Wie viele Kilometer sind es denn?«

»Bis Tiedenbüll fünfhundertsechsunddreißig«, erwidert Mama. »Das Wasser kommt ab zehn nach zwei zurück. Innerhalb der nächsten sieben Stunden müssen wir es also bis nach Hilsum geschafft haben.«

»Hmm«, bestätigt mein Vater. »Der Fahrer der Pferdekutsche kann ohnehin nicht ewig auf uns warten. Die Gezeiten der Nordsee richten sich leider nicht nach den Allüren einer Fünfzehnjährigen«, fügt er mit einem vielsagenden Blick in den Rückspiegel hinzu.

»Matthias, bitte«, sagt Mama mahnend.

»Keine Panik«, werfe ich ein. »Die Queen kriegt sowieso nix mit.«

Inzwischen hat Anna-Sophia das Kinn auf ihre Knie gelegt und stiert mit ihrem berühmt-berüchtigten beleidigte-Leberwurst-Gesicht zum Seitenfenster hinaus.

Tsch-tsch-tsch-tacka-tscht, zischelt es aus ihren Ohrstöpseln. Ich schätze, das wird jetzt wohl bis Hilsum so gehen.

Dort wohnt Tante Ulla, Papas zweitälteste Schwester, mit ihrem Mann Olaf und meinen drei Cousins Gonne, Finn und Malte. Ein Mädchen gibt es zum Glück auch, nämlich deren Schwester Sünje. Sie ist drei Jahre jünger als Gonne und genauso alt wie ich. Na ja, jedenfalls bis zum 24. Dezember. An diesem Tag ist nämlich nicht nur Heiligabend, sondern auch mein Geburtstag und dann werde ich dreizehn. – Halleluja!

Die meisten meiner Freundinnen beneiden mich darum. Sie finden das cool und denken, dass ich doppelt so viele Geschenke bekomme wie der Rest der Menschheit. Sie rechnen nämlich folgendermaßen: Weihnachten plus Geburtstag plus großzügiges Extra, weil der 24. Dezember nun mal nicht mein alleiniger Ehrentag ist, sondern ich mir meine Geburtstagstorte sozusagen mit Marias und Josefs einzigem Sohn teilen muss.

Die Wahrheit ist: Ich bekomme weder mehr noch weniger Geschenke. Davon bin ich jedenfalls überzeugt. Und Jesus sitzt auch nicht mit bei uns am Kaffeetisch. Es ist also allenfalls mittelcool, wenn Geburtstag und Heiligabend auf ein und denselben Tag fallen. Denn es gibt ja wirklich nur ein einziges Fest und das feiern alle. Würde ich an diesem Tag eine Party steigen lassen wollen, müsste ich mich wohl oder übel mit mir allein amüsieren. Und deshalb holen wir meine Feier immer im Frühsommer nach.

Am 13. Juni hat nämlich Louisa Geburtstag. Sie ist meine allerbeste Freundin. Ihre Eltern haben ein Haus mit großem Garten, in dem man erstklassige Zeltfeste mit Volleyball-Turnier, Grillfeuer und Übernachtung veranstalten kann. Und das machen wir dann praktischerweise zusammen. Einen richtigen alleinigen Ehrentag habe ich also nie. Aber das stört mich nicht sonderlich. Entscheidend ist doch der Spaßfaktor und der ist sowohl am 24. Dezember als auch am 13. Juni gegeben. Zumindest ist das bisher immer so gewesen.

In diesem Jahr habe ich zum ersten Mal meine Zweifel. Dabei freue ich mich eigentlich auf Tante Ulla, Sünje, die vielen Tiere und die Hallig. Es ist einsam und abenteuerlich dort. Ein bisschen so, als wäre man Robinson Crusoe auf einer winzigen Insel.

Was mir allerdings ein wenig Sorgen bereitet, ist Anna-Sophias Miesepeterlaune und der Umstand, dass Papas ganze Familie dort mitten im kalten Winter fast eine ganze Woche lang in einem eigentlich viel zu kleinen Haus eingepfercht zusammenleben muss. Insofern hat meine Schwester schon irgendwie recht damit, wenn sie sagt, dass in Onkel Lothars Hamburger Schicki-Micki-Villa viel mehr Platz für uns alle gewesen wäre.

Weiß der Teufel, wieso Papas ältester Bruder darauf bestanden hat, dass unsere große Familienweihnachtsfeier ausgerechnet bei Tante Ulla und Onkel Olaf auf Hilsum stattfinden soll. Weder Papa noch seine ultrasteife Schwester Sybille fanden diese Idee besonders prickelnd. Die wohnt nämlich in Stuttgart und muss mit Onkel Rainer, ihrem vierzehnjährigen Sohn Kai und meiner Oberzickencousine Klarissa für diesen Familienspaß einmal quer durch ganz Deutschland juckeln.

In den letzten Wochen und Tagen hat es endlos lange Telefonate deswegen gegeben. Vor allem Tante Sybille hat sich schrecklich aufgeregt. Über die lange Reise, über Tante Ullas angeblich nachlässige Haushaltsführung, vor allem aber über die Tiere, die bei ihr durchs Haus spazieren und auf Sesseln, Sofas und Betten herumliegen dürfen.

»Ich finde Katzenhaare auf der Bettdecke auch nicht so toll«, hat Mama zu Tante Sybille gesagt. »Aber für die paar Tage wird man das ja wohl ertragen können. Außerdem weiß Ulla doch, dass ihr großen Wert auf Sauberkeit legt. Sie wird schon dafür sorgen, dass Rainer und du in einem tierhaarfreien Bett schlafen könnt.«

Sie hat dann noch ein bisschen zwischen meinen beiden Tanten zu vermitteln versucht, allerdings ohne Erfolg. Tante Ulla und Tante Sybille sind einfach zu verschieden und sich schon als Kind spinnefeind gewesen. Und deshalb waren wir auch bis gestern noch felsenfest davon überzeugt, dass Onkel Rainer und Tante Sybille die Reise auf den letzten Drücker unter irgendeinem fadenscheinigen Vorwand absagen würden. Aber am Ende wollten sie dann wohl doch keine Spielverderber sein.

Immerhin bezahlt Onkel Lothar die ganze Chose. Tante Sybille hat er sogar einen Stapel Benzingutscheine geschickt – angeblich, weil sie am weitesten weg wohnt. Aber wir wissen alle nur zu gut, dass sie immer ganz vorn mit dabei ist, wenn es irgendwo etwas umsonst gibt.

Und sie ist garantiert genauso neugierig wie wir.

Onkel Lothar hat nämlich betont, dass ihm dieses Familientreffen besonders am Herzen liege, weil die vier Geschwister schon seit Ewigkeiten nicht mehr unter einen Hut zu bringen waren. Außerdem gebe es etwas außerordentlich Wichtiges zu besprechen.

Tja, und nun wollen wir – Tante Sybille inklusive – natürlich alle wissen, was es mit Onkel Lothars Herzensangelegenheit wohl auf sich hat.

Kurz vor Hamburg machen wir eine Pinkelpause.

»Die einzige und letzte vor Tiedenbüll«, sagt Papa, während er sich zu Anna-Sophia und mir umdreht.

Eindringlich fixiert er meine Schwester, doch die tut so, als würde sie von nichts etwas mitkriegen. Tsch-tsch-tsch-tacka-tscht, zischelt es nach wie vor aus ihren Ohrstöpseln.

Sein Blick wandert zu mir. »Leonie …?«

»Ich geh auf jeden Fall«, sage ich und löse den Sicherheitsgurt.

»Ich komme mit«, schließt Mama sich an.

»Und ich werde ganz sicher nicht noch einmal extra für Madame einen Stopp einlegen«, knurrt Papa.

Er mag es gar nicht, wenn wir uns tröpfchenweise melden, sondern erwartet von uns, dass wir es in einer geschlossenen Gemeinschaftsaktion durchziehen.

Mama sieht ihn erstaunt an. »Ich dachte, wir tauschen.«

»Natürlich, aber …«

»Wenn ich hinterm Steuer sitze, entscheide ich«, stellt sie klar. »Du kannst derweil ganz in Ruhe in einer Illustrierten blättern oder schlafen und musst dich für den Rest der Fahrt in keinster Weise um die Belange der weiblichen Belegschaft kümmern.«

Papa zieht eine Grimasse, widerspricht jedoch nicht.

»Gut.« Meine Mutter grunzt zufrieden, angelt ihre Umhängetasche aus dem Fußraum und öffnet die Beifahrertür.

Ich tippe meiner Schwester gegen die Schulter, doch sie reagiert noch immer nicht.

»Sie kriegt sich schon wieder ein«, prophezeit Mama mir auf dem Weg zum Klo. »Ulla hat mir ein aktuelles Foto von den Kindern geschickt. Gonne scheint ein sehr hübscher, netter Junge geworden zu sein.«

»Er ist Anna-Sophias Cousin«, sage ich empört.

Abgesehen davon, dass es sich nicht schickt, würde es die Angelegenheit meiner Ansicht nach bloß unnötig verkomplizieren, wenn meine Schwester sich in Gonne verliebt.

»So habe ich das doch nicht gemeint«, erwidert meine Mutter. Als hätte sie meine Gedanken erraten! »Ich hoffe einfach nur, dass es ihr peinlich ist, in seiner Gegenwart die Zicke zu geben.«

Hmm, das ist allerdings ein Argument. – Und eine zugegebenermaßen durchaus berechtigte Hoffnung.

Nachdem wir unser Geschäft erledigt haben, besorgt Mama noch einen Kaffee für Papa und sich und eine Tüte Mini-Schokoriegel-Mix für uns alle.

Mein Vater hat es sich inzwischen mit der Tageszeitung auf dem Beifahrersitz bequem gemacht. Anna-Sophia hingegen scheint sich keinen Millimeter bewegt zu haben.

Papa öffnet das Handschuhfach, in dessen Innenklappe sich zwei kreisrunde Ausbuchtungen befinden, und meine Mutter stellt die beiden Becher hinein.

»Ich bin ja sehr gespannt, wie Kai und Klarissa sich entwickelt haben«, sagt sie, während sie den Motor startet und zurücksetzt.

»Na, was glaubst du wohl?«, brummt Papa. »Ich wette, meine Schwester hat die beiden zu erstklassig funktionierenden Robotern erzogen, die jedem artig die Hand geben, sich morgens um Punkt sieben Uhr die Haare kämmen und abends zur immer gleichen Zeit ins Bett fallen.«

Ich seufze leise. Auf meine bescheuerte Cousine Klarissa habe ich am wenigsten Lust, um nicht zu sagen eigentlich gar keine. Zwischen ihr und mir steht es nämlich wie zwischen Tante Ulla und Tante Sybille: Klarissa und ich haben uns noch nie verstanden. Wir ticken einfach zu verschieden. Mittlerweile ist es zwar schon beinahe drei Jahre her, seit wir uns das letzte Mal gesehen haben, aber ich glaube kaum, dass Klarissa sich in dieser Zeit irgendwie zu ihrem Vorteil verändert hat. Ich werde mich also an Sünje halten und hoffe inständig, dass sie so unkompliziert und lustig geblieben ist, wie ich sie in Erinnerung habe: ein strahlendes Energiebündel, das nicht nur Wind und Wetter trotzt, sondern eigentlich allem, das sich ihr in den Weg zu stellen versucht.

»Kommt Oma Grizabella eigentlich auch mit?«, frage ich.

»Das nehme ich doch stark an«, erwidert Papa.

»Zumindest haben wir in den letzten Tagen nichts Gegenteiliges gehört«, fügt meine Mutter hinzu. »Offenbar geht es ihr im Moment ganz gut und es scheint nichts gegen die Reise zu sprechen. Außerdem wäre es wirklich jammerschade, wenn ausgerechnet sie bei unserem Familientreffen fehlen würde.«

Das finde ich allerdings auch!

Oma Grizabella ist die Mutter von Papa und seinen Geschwistern. Sie ist zweiundsiebzig Jahre alt und leidet an multipler Sklerose. Deshalb kann sie sich nicht mehr so gut bewegen und sitzt seit über einem Jahr im Rollstuhl.

Mit richtigem Namen heißt sie Marianne, aber wir nennen sie alle Grizabella, weil sie ein eingefleischter Musical-Fan ist. ***Cats*** hat sie mindestens zehn Mal gesehen und die alte Katze »Grizabella« ist ihre absolute Lieblingsfigur in diesem Stück.

Gut hundert Kilometer hinter Hamburg geht die Autobahn in eine Bundesstraße über.

Verschneite Felder, winzige Ortschaften und einzelne Höfe ziehen an uns vorbei. Man hat einen weiten Blick über die ausgedehnte Landschaft Schleswig-Holsteins, und ich werde ganz zappelig vor Aufregung, weil ich es kaum erwarten kann, endlich das Meer zu sehen.

Anna-Sophia hat mittlerweile ihre Füße herunterrutschen lassen. Ihr Kopf ruht in der Lücke zwischen Nackenstütze und Fenster und sie hält die Augen geschlossen. Obwohl wir schon fast sechs Stunden unterwegs sind, hat sie nicht einen Schluck getrunken und auch keinen der Schokoriegel angerührt, die ich zwischen uns auf die Sitzbank gelegt habe. Aus ihren Ohrstöpseln kommt noch immer das gleiche Tsch-tsch-tsch-tacka-tscht.

Als Mama den Wagen kurz hinter Tiedenbüll in Richtung Deichüberfahrt lenkt, reißt sie sich die Dinger plötzlich heraus und verkündet: »Ich muss mal! Total dringend!«

Die holde Sandrina

»Am besten, du stellst den Wagen gleich hier vorn ab«, sagt Papa und deutet auf einen kleinen Parkplatz, der sich rechts neben der Deichüberfahrt befindet. »Das bisschen Gepäck können wir auch zu Fuß hinübertragen.«
»Ich muss mal«, stöhnt Anna-Sophia. »Gibt's hier vielleicht irgendwo ein Klo?«

Niemand antwortet. Auch ich nicht, obwohl mir alles Mögliche auf der Zunge liegt.

»Meinst du, das kostet was?«, fragt Mama stirnrunzelnd, während sie unser Auto an dem kleinen blau-weiß gestrichenen Holzhaus vorbei auf den Parkplatz rollen lässt.

»Keine Ahnung«, gibt mein Vater schulterzuckend zurück. »Das Häuschen dort scheint jedenfalls nicht besetzt zu sein.«

Meine Mutter steuert die erste größere freie Parklücke an, stellt den Motor aus und zieht den Zündschlüssel ab. Außer unserem Saab stehen noch elf oder zwölf weitere PKWs hier. Ansonsten herrscht gähnende Leere.

Ich drücke die Tür auf und springe als Erste aus dem Wagen.

Der Boden unter meinen Füßen ist hart gefroren und mit einer dünnen Schneeschicht bedeckt. Ich breite die Arme aus, drehe mich einmal um mich selbst und hauche Atemwölkchen in die Luft.

»Leonie, zieh bitte deine Jacke an«, ermahnt Mama mich.

Sie und Papa sind ebenfalls ausgestiegen. Nur meine Schwester hockt noch immer wie festgewachsen auf der Rückbank.

Ich trage meinen dicken himbeerroten Vliespulli und mir ist überhaupt nicht kalt, trotzdem widerspreche ich nicht. Anna-Sophia macht schon genug Ärger, da will ich meine Eltern nicht zusätzlich reizen.

Während Papa unsere Reisetaschen und Rucksäcke aus dem Kofferraum hievt, schnappe ich mir also meinen Winteranorak und schlüpfe hinein.

»Ich glaube nicht, dass es was kostet!«, rufe ich, nachdem ich einen Blick durch die Windschutzscheibe des kaffeefarbenen Audis neben uns geworfen und keinen Parkschein auf der Armaturenablage entdeckt habe.

»Und ich glaube, Onkel Lothar und Oma Grizabella sind auch schon da«, sagt Papa. »Offenbar konnte mein großer geschäftiger Bruder sich doch einen Tag eher aus seiner Firma loseisen.«

Er reckt sein Kinn in Richtung eines schwarzen Mercedesvans, der gleich in der ersten Parkbucht hinter dem Holzhäuschen steht. Er hat ein Hamburger Kennzeichen.

»HH - LS - 66 … Lothar Scheffelmann … Das könnte hinkommen«, murmele ich.

»Verlass dich drauf«, bekräftigt Papa. »Sechsundsechzig ist sein Geburtsjahr.«

»Hä?«, mache ich.

»1966«, hilft meine Mutter mir auf die Sprünge. Sie streift ihre Wollmütze über und öffnet Anna-Sophias Tür. »Was ist?«, brummt sie. »Brauchst du eine Extraeinladung? Oder ziehst du es vor, die Weihnachtstage im Auto zu verbringen?«

»Ich kann nicht aufstehen«, presst meine Schwester hervor.

»Und warum nicht?«, fragt Mama.

»Weil sie auf dem Sitz festgewachsen ist«, spekuliere ich.

»Nein, weil ich sofort lospisse, wenn ich mich bewege!«, keift Anna-Sophia zu mir heraus.

»Gut«, sagt Papa. »Dann rufe ich jetzt den Notarztwagen. Die sollen eine Bettpfanne mitbringen, die sie dir unterschieben können. Ich fürchte allerdings, dass unsere Krankenkasse das nicht übernehmen wird. Notfalls muss ich die Kosten von deinem Taschengeld abziehen.«

»Du bist so ein A…«, zischt meine Schwester.

»Ich weiß«, murmelt mein Vater und lächelt in sich hinein. »Mein Humor ist nicht jedermanns Sache.«

»Matthias, bitte«, formt Mama lautlos mit den Lippen und macht einen tiefen Atemzug. »Jetzt komm schon raus, Schätzchen«, fordert sie Anna-Sophia auf, »und hock dich einfach hinters Auto.«

Ich schultere meinen Rucksack, schnappe mir meine

Reisetasche und stapfe schon mal los. Mit einer halbwegs erwachsenen Schwester, die es nicht hinkriegt, rechtzeitig auf die Toilette zu gehen, möchte ich nun wirklich nichts zu tun haben. Außerdem will ich endlich das Meer sehen. Und ich bin megagespannt, wie wohl die Kutsche aussieht, die uns quer durchs Watt zur Hallig hinüberfahren wird.

Tante Ulla, Onkel Olaf, Gonne, Sünje, Finn und Malte leben erst seit zwei Jahren auf Hilsum. Davor haben sie in der Nähe von Husum gewohnt und dort haben wir sie auch das letzte Mal besucht.

Neben der Straße, die über den Deich führt, gibt es noch eine schmale Holztreppe, die etwas steiler verläuft und für Fußgänger gedacht ist. Meine Reisetasche wird mit jedem Schritt schwerer, und deshalb entscheide ich mich für die Treppe, damit ich mich an ihrem Geländer hochziehen kann.

Als ich ungefähr die Hälfte hinter mich gebracht habe, erscheint oben auf der Deichkrone eine elegant gekleidete junge Frau.

Klack-Klack-Klack-Klack-Klack, stöckelt sie auf hohen, dünnen Stiefelabsätzen die Treppenstufen hinunter auf mich zu. Ihre langen blonden Haare, die unter einer dunkelblauen Baskenmütze hervorschauen, hüpfen bei jedem Schritt und ihre rot geschminkten Lippen leuchten wie eine vollreife Riesenkirsche.

»Mach mal bitte Platz da!«, blafft sie mich an. »Wie soll ich denn so hier runterkommen?«

Keine Ahnung! Das Einfachste wäre es wohl, wenn

sie einen Schritt zur Seite treten, kurz warten und mich vorbeilassen würde, aber dafür ist sie sich offenbar zu vornehm.

Ich stelle also hastig die Reisetasche ab und drücke mich gegen das Geländer.

»Geht doch«, sagt die junge Madame Obererlaucht und stöckelt an mir vorbei.

»Nichts zu danken«, brumme ich und nehme die Reisetasche wieder auf, wobei ich fast das Gleichgewicht verliere und mitsamt meinem Gepäck die Talfahrt antrete. Im letzten Moment fange ich mich jedoch und sehe zu, dass ich so schnell wie möglich nach oben komme.

Auf der Deichkrone bläst mir ein schneidender Wind entgegen, der mir für ein paar Sekunden den Atem raubt. Über mir reißt gerade der Himmel auf, und ein paar schmale vorwitzige Sonnenstrahlen schaffen es, sich ihren Weg durch die graue Wolkendecke zu bahnen.

Vor und unter mir liegt eine riesige, bis zum Horizont reichende und von Millionen von Eiskristallen glitzernde Fläche. Wo genau das Watt aufhört und das Meer anfängt, kann ich nicht ausmachen, aber in der Ferne erkenne ich ein paar dunkle Erhebungen, auf denen die Umrisse von Häusern und Bäumen zu erahnen sind. Eine dieser Erhebungen muss die Hallig Hilsum sein.

Links von mir erstreckt sich eine Landzunge ins Watt, auf deren Spitze ein rot-weißer Leuchtturm in den Himmel ragt, und direkt unterhalb des Deiches mündet die asphaltierte Überfahrt in eine Art Rondell. Dort steht eine zweispännige Pferdekutsche, um die sich eine ganze Menge Leute scharen. Einige von ihnen scheinen sich hauptsächlich für die beiden braunen Haflinger mit den hellen Mähnen zu interessieren. Ein Mann nimmt gerade seine kleine Tochter auf den Arm, damit sie ihnen über die hohe Stirn streicheln kann.

Ein anderer Mann und zwei Frauen reden auf einen dritten ein, der besonders groß und kräftig wirkt und mit Gummistiefeln und einer dicken Jacke aus Schaffell bekleidet ist.

Den Rollstuhl am hinteren Ende des Kutschwagens mit der kleinen verhutzelten Person darin entdecke ich erst auf den zweiten Blick.

»Oma Grizabella!«, rufe ich und stürme, so schnell es mir mit meinen unhandlichen Gepäckstücken auf der schmalen Treppe möglich ist, den Deich hinunter.

»Langsam, mein Kind!«, ruft meine Großmutter zurück. »Ich werde dir schon nicht davonlaufen.«

Sie winkt mit beiden Armen und lacht, dass ihre hellen blauen Augen nur so blitzen.

Kurz bevor ich den Rollstuhl erreiche, lasse ich Rucksack und Reisetasche fallen und stürze mich in Oma Grizabellas Arme.

»Ach, mein Mädchen«, murmelt sie in mein Haar. »Wie lange haben wir uns nicht gesehen!«

»Ewig lange«, platzt es aus mir heraus. »Da konntest du jedenfalls noch gehen.« Erschrocken beiße ich mir auf die Zunge. »Ähm, ich meine … Entschuldigung, das wollte ich nicht sagen.«

»Warum denn nicht?«, erwidert meine Großmutter

achselzuckend. »Schließlich entspricht es den Tatsachen. Und denen sollte man stets offen ins Gesicht schauen.«

Sie drückt mich an sich und küsst mein Haar, meine Wange und meinen Hals.

»Ja, aber …«, stammele ich, »macht es dir denn gar nichts aus?«

Oma Grizabella schiebt mich ein Stück von sich weg und sieht mir in die Augen. »Ein wenig schon«, wispert sie und zwinkert mir zu. »Doch das bleibt bitte unser Geheimnis. So«, sagt sie dann, »und jetzt begrüß deinen Onkel. Der kann es nämlich kaum erwarten, euch alle wiederzusehen.«

»Klar.« In der Annahme, Papas großen Bruder mit weit geöffneten Armen hinter mir stehen zu sehen, drehe ich mich um. Aber da ist niemand, der sich für mich oder meine Großmutter interessiert.

Die meisten Leute reden noch immer auf den kräftigen Mann in der Schaffelljacke ein. Wie oft die Kutsche nach Hilsum fahre. Ob die Gastwirtschaft zwischen den Tagen geöffnet sei oder ob er jemanden kenne, bei dem man eine Wattwanderung buchen könne.

»Ähm … Wer ist denn überhaupt Onkel Lothar?«, frage ich Oma Grizabella.

»Sag bloß, du erkennst ihn nicht?«, entgegnet sie grinsend.

»Nein. Ich hab ihn schon Jahre nicht mehr gesehen. Ich glaube, ich war sieben oder acht, als er das letzte Mal bei uns in Leipzig war.«

Meine Großmutter schüttelt den Kopf.

»Eine Schande ist das«, murmelt sie und ein paar Sekunden lang verhärten sich ihre Gesichtszüge.

Ich mustere sie verstohlen. Oma Grizabella war ja schon immer ziemlich klein und dünn, in diesem Monster von einem Rollstuhl wirkt sie allerdings noch viel zarter und zerbrechlicher als früher. Ihr schmales Gesicht verschwindet fast unter der dicken Wollmütze, und der lange Schal, den sie sich mehrmals um den Hals geschlungen hat, tut sein Übriges.

»Ist dir kalt?«, frage ich besorgt.

»Nein, nein«, meint sie abwinkend. »Es ist alles in Ordnung. Hier unten neben der Kutsche befinde ich mich wenigstens im Windschatten.« Sie zieht eine Grimasse. »Vor der Fahrt graust es mir allerdings ein wenig. Zum Glück dauert sie nur zwanzig Minuten.«

»Hm.« Ich nicke und betrachte das Gespann etwas genauer.

Die beiden Haflinger sind groß und kräftig, und das scheint mir auch nötig zu sein, denn sie müssen einen Holzwagen ziehen, auf dem sich drei Sitzbänke und eine relativ große Gepäckfläche befinden. Auf der vorderen Bank kauert bereits jemand, nämlich ein Junge, der sich die Kapuze seines Anoraks tief in die Stirn gezogen hat und ungeduldig darauf zu warten scheint, dass es endlich losgeht. Unruhig ruckt sein Kopf hin und her und dabei kreuzen sich unsere Blicke für eine Milliblitzsekunde. Schnell guckt er wieder weg.

Blödmann, denke ich. Dabei sah er eigentlich ganz nett aus. Hellbraune Augen unter geraden dunklen Brauen und ein winziger Leberfleck neben seinem linken Mundwinkel.

Ob er auch nach Hilsum will? – Nein, wohl eher nicht. Bestimmt ist er nur der Sohn des Kutschers.

»Oh, schau nur«, lenkt Oma Grizabella mich ab und weist zum Deich hinüber. »Da ist ja der Rest deiner Familie … in Begleitung unserer reizenden Sandrina.«

»Sandrina?«, frage ich, während ich herumwirbele. »Wer ist denn das schon wieder?«

»Die neue Freundin deines Onkels«, erwidert meine Großmutter gepresst. Erneut fällt ein Schatten über ihre Augen, doch einen Atemzug später lächelt sie schon wieder und ruft: »Anna-Sophia, meine Süße! Lass dich umarmen!«

»Oma Grizabella!«, juchzt meine Schwester.

Auch sie lässt ihre Gepäckstücke einfach auf den Boden klatschen, bevor sie meiner Oma um den Hals fällt.

Anna-Sophia macht die meisten Dinge genauso wie ich, nur einen Tick übertriebener, sodass es oft total gekünstelt rüberkommt. Sie will eben immer toller, schlauer, hübscher oder was weiß ich sein. Ich finde das total albern. – Und überflüssig!

Im Moment interessiert mich das Getue meiner Schwester allerdings herzlich wenig, denn in diesem Augenblick erfordern ganz andere Leute meine volle Aufmerksamkeit:

Sandrina, die in ihrem hellen, eleganten Wollmantel auf uns zustöckelt, Papa, der neben seinem eigenen Gepäck noch einen riesigen weißen Hartschalenkoffer hinter sich herzieht, und ein Mann in ebenso schicken Klamotten wie Sandrina, der mit ausgebreiteten Armen auf eben diese zueilt und »Mein Zuckerschnütchen! Du musst dich doch nicht mit diesem Riesending abschleppen!« ausruft.

»Keine Sorge, Bruderherz«, keucht mein Vater. »Sandrina hat ihren Koffer nicht einen Millimeter anheben müssen.«

»Ach, Matthias, mein Guter! Das nenne ich ja mal ein perfektes Timing«, erwidert der Mann so laut, dass sich sofort sämtliche Blicke auf ihn richten. Nur das kleine Mädchen, das auf dem Arm seines Vaters hockt, streichelt noch immer die beiden Pferde. Einmal lässt sie ihre kleine Hand über die Stirn des einen, dann über die des anderen gleiten. Immer abwechselnd und hoch konzentriert.

»Das also ist Onkel Lothar«, murmele ich.

Na toll! Seine holde Sandrina habe ich jetzt schon gefressen. Aber das muss außer mir ja keiner wissen.

Ein rätselhafter Koffer

Es dauert eine Weile, bis Oma Grizabella mitsamt ihrem Rollstuhl auf die Kutsche gehievt worden ist. Inzwischen thront sie dort, gut gesichert und fest eingemummelt in eine dicke Felldecke, neben all unserem Gepäck. Mama, Anna-Sophia und ich haben auf der hinteren Bank Platz genommen, damit wir uns die Fahrt über mit ihr unterhalten können.

Papa, Onkel Lothar und die holde Sandrina sitzen nebeneinander auf der Mittelbank und ganz vorn hocken der Kutscher namens Hinnerk und der scheue Kapuzenjunge.

»Uuuund hoppedihopp!«, ruft Hinnerk. Er schlägt die Zügel und schnalzt mit der Zunge.

Ruckelnd setzt die Kutsche sich in Bewegung.

»Tschüüüs, Pferdchen! Bis morgen!«, ruft das kleine Mädchen.

Sie und die Leute, die beim Verladen des Rollstuhls geholfen oder unseren Start ganz einfach aus Neugier abgewartet haben, winken uns hinterher.

Anna-Sophia hat wieder ihr Muffelgesicht aufgesetzt. Ihr finsterer Blick klebt geradezu auf Sandrinas edlem

Wollmantelrücken. Ich bezweifle allerdings, dass sich ihre schlechte Laune nur auf Onkel Lothars neue Flamme bezieht.

»Hast du eigentlich eine Nachricht von Sybille gekriegt?«, erkundigt Papa sich bei seinem Bruder. »Maren hat mehrmals mit ihr telefoniert, aber bis zuletzt stand nicht fest, ob sie heute noch kommen.«

»Ich würde sagen, jetzt steht es fest«, erwidert Onkel Lothar lachend. »Oder siehst du sie hier irgendwo?«

»Sehr witzig«, brummt Papa.

»Ach, du kennst mich doch!«, ruft Onkel Lothar. Er schlingt meinem Vater seinen Arm um den Nacken und ruckelt ihn wie einen kleinen Jungen hin und her. »Immer einen lockeren Spruch auf den Lippen.«

Ich stöhne leise und bemerke, dass auch Anna-Sophia die Augen verdreht.

»Ja, also, wenn du es genau wissen willst«, fährt Onkel Lothar fort. »Sybille und ich haben gestern Nachmittag noch einmal kurz miteinander gesprochen. Angeblich hat Rainer neuerdings Probleme mit den Augen. Jedenfalls wollte Sybille nicht, dass er den größten Teil der Strecke im Dunkeln zurücklegen muss. Und da habe ich ihr angeboten, für die beiden und die Kinder zwei Hotelzimmer in Tiedenbüll zu buchen, wo sie heute übernachten werden.«

»Sie hätten doch auch mit dem Zug fahren können«, gibt Papa zurück. »Das wäre sehr viel bequemer gewesen und wir wären gleich von Anfang an alle zusammen bei Ulla.«

»Also, ich muss sagen, ich finde diese Entwicklung gar nicht so unglücklich«, meint Onkel Lothar. »Wir wissen doch, wie anstrengend unsere kleine Schwester sein kann. Und für Sandrina ist es sicher sehr viel angenehmer, wenn sie euch ganz in Ruhe nacheinander kennenlernen kann. Nicht wahr, mein Zuckerschnütchen?«, säuselt er und streichelt seiner holden Flamme über die Wange.

»Die Zugfahrt wäre auch viel zu teuer geworden«, erwidert Sandrina und nickt meinem Vater eifrig zu. »Es sind immerhin vier Personen!«

»Na, so schlecht verdienen Rainer und Sybille ja nun auch wieder nicht«, mischt Mama sich ein. »Außerdem gibt es Gruppen- und Familienkarten.«

»Die Übernachtung in Tiedenbüll ist jedenfalls günstiger«, entgegnet die holde Sandrina und wirft affektiert den Kopf zurück. »Außerdem hat Lothar ihnen ja schon die Benzingutscheine zugeschickt.«

»Ach so«, sagt meine Mutter gedehnt und dreht sich stirnrunzelnd zu Oma Grizabella um, die offenbar gar nichts von dem Gespräch mitbekommen hat. Zumindest lässt sie sich nichts anmerken, sondern schaut in der Gegend herum und summt dabei leise vor sich hin.

»Alles in Ordnung?«, fragt Mama.

»Ja, ja.« Meine Großmutter nickt.

»Und dir ist auch ganz bestimmt nicht kalt?«

Oma Grizabella schenkt meiner Mutter ein Lächeln. »Nein, mein Engel, ganz bestimmt nicht.«

Ihre Stimme klingt irgendwie merkwürdig, finde ich, und ich glaube, das fällt auch Mama auf. Sie sagt allerdings nichts, sondern sieht meine Großmutter nur zwei, drei Sekunden lang äußerst intensiv an, bevor sie sich wieder den anderen zuwendet.

»Mir aber«, brummt Anna-Sophia.

»Was meinst du?«, erkundigt sich meine Mutter.

»Mir ist kalt«, erwidert meine Schwester. »Saukalt, falls du es genau wissen willst. Wenn das die ganze Woche so bleibt, kriegen mich keine zehn Pferde nach draußen.«

»Das kannst du halten, wie es dir gefällt«, sagt Mama gleichmütig.

Ich recke den Hals, lasse meinen Blick kurz über den Kapuzenjungen streifen und richte ihn dann auf die lang gestreckte Erhebung in der Ferne, auf die die Kutsche jetzt zusteuert.

Mittlerweile sind darauf drei Gebäude zu erkennen. Zwei davon scheinen Wohnhäuser zu sein, das dritte sieht eher wie ein Stall aus.

»Tante Ulla stellt uns vier ihrer Gästezimmer zur Verfügung«, erzählt Mama. »Die übrigen müssen für die nächste Saison renoviert werden.«

»Aha«, sage ich und überlege, wie wir die vier Zimmer wohl untereinander aufteilen sollen.

Na ja, wahrscheinlich bekommt Oma Grizabella eins für sich allein. Ich kann mir jedenfalls nicht vorstellen, dass Onkel Lothar und die holde Sandrina sie als Anstandswauwau neben ihrem Bett parken werden. Aber das Ganze ist auch nicht mein Problem. Mir ist es ohnehin ziemlich egal, wo ich schlafe. Notfalls sogar mit Sünje und Finn in einem Bett.

Anna-Sophia würde bei einer solchen Aussicht wahrscheinlich einen hysterischen Anfall bekommen und das lockt mir ein Grinsen auf die Lippen.

»Na, was ist so komisch?«, fragt Mama und stupst mich sachte mit der Schulter an.

»Nichts«, sage ich. »Ich freu mich bloß.«

»Das ist schön, mein Schatz«, erwidert sie und drückt meine Hand. »Ich glaube nämlich auch, dass es diesmal ein ganz besonderes Weihnachtsfest sein wird.«

Bestimmt, denke ich bei mir, da fällt ein gleißend heller Sonnenstrahl genau in meinen Schoß.

Der Himmel reißt immer weiter auf und auch der Wind hat spürbar abgenommen. Das rhythmische Pock-Pock der acht Pferdehufe auf dem mit feinem, glänzendem Eisharsch durchsetzten Wattboden und das Knirschen der Kutschräder lassen mein Herz höherschlagen.

Kurz darauf erreichen wir die Halligzufahrt: einen schmalen Feldweg, der genau auf Tante Ullas und Onkel Olafs Gästehaus zuführt.

Nachdem Hinnerk die beiden Haflinger um das Gästehaus herum auf einen gepflasterten Platz geführt hat, kommt die Kutsche schließlich vor einem hübschen reetgedeckten Backsteinhaus zum Stehen. Im selben Moment fliegt die grün lackierte Haustür auf und Sünje, jetzt mit kurzen dunklen Strubbelhaaren, stürzt heraus.

»Hallo, Oma Grizabella!«, ruft sie, erklimmt eins der

hinteren Kutschräder, schwingt sich über die Seitenwand und wirft meiner Großmutter die Arme um den Hals. »Wie schön, dass du mitgekommen bist!«

»Was hätte ich denn sonst machen sollen, meine kleine Sonne?«, antwortet meine Großmutter lächelnd. »Allein in der Hamburger Villa deines Onkels wäre das Weihnachtsfest für mich wohl ein wenig trostlos ausgefallen.«

»Ach, Oma Grizabella!«, erwidert Sünje mit ihrer glockenhellen Stimme. »Du wirst dich bestimmt sehr wohl bei uns fühlen! Außerdem ist es ja nicht für immer, sondern bloß für eine einzige lausige Woche. Viel zu kurz eigentlich«, setzt sie hinzu, zieht kurz einen Flunsch und küsst Oma Grizabella dann mit einem lauten Schmatzgeräusch auf die Wange.

»Moin, alle miteinander!«, ruft sie dann, springt von der Kutsche herunter und zerrt an meiner Jacke. »Hey, Leonie, ich freu mich halb blöd, dass du da bist! Jetzt komm schon runter von der Karre, dann helf ich dir, dein Zeug in mein Zimmer zu tragen. Du pennst nämlich bei mir.«

Wow! Das klingt perfekt!

Ich schnelle hoch und lande mit einem Satz neben meiner Cousine. Sünje hat so blaue Augen wie das Meer und einen ganzen Haufen Sommersprossen auf der Nase. Abgesehen von ihren Haaren, die sie früher zu einem langen Pferdeschwanz zusammengebunden trug, hat sie sich äußerlich fast gar nicht verändert.

Hinnerk ist inzwischen vom Kutschbock geklettert und lässt nun die Ladeklappe runter, sodass wir alle bequem nach unseren Reisetaschen und Rucksäcken greifen können.

Auch meine Eltern und mein Onkel sind inzwischen abgestiegen. Nur die holde Sandrina thront noch immer auf ihrem Sitz.

»Gib mir deine Hand, Täubchen«, säuselt Onkel Lothar, »damit ich dir herunterhelfen kann.«

»Sagtest du nicht, dass wir im Gästehaus wohnen?«, erwidert die holde Sandrina.

»Doch, doch, natürlich«, gibt Onkel Lothar zurück. »Aber nun lass uns erst einmal Ulla, Olaf und die Kinder begrüßen.«

»Die Kinder interessieren mich nicht«, entgegnet Sandrina abfällig.

Hallo!, denke ich und zucke fast etwas zusammen.

Dass sie in mir eher ein Hindernis sieht, hat sie mich ja bereits spüren lassen. Dass sie es jedoch wagt, ihre Abneigung sogar in die Welt hinauszuposaunen, hätte ich ihr nun doch nicht zugetraut.

Mama und Papa tauschen einen überraschten Blick und auch meinem Onkel steht einen Moment lang die Fassungslosigkeit ins Gesicht geschrieben. Dann lacht er gekünstelt und sagt: »Ach, meine süße, kleine Zuckerschnute, wie herzerfrischend ehrlich du doch bist!«

Sünje sieht mich mit großen Augen an, dann tippt sie sich kopfschüttelnd an die Stirn, und zwar so, dass es jeder mitbekommt. Die holde Flamme meines reichen Onkels scheint allerdings überhaupt nicht zu merken, wie sehr sie uns vor den Kopf gestoßen hat.

»Außerdem möchte ich mich zuerst frisch machen. So kann ich unmöglich unter zivilisierte Menschen«, setzt sie in ihrem affektierten Tonfall hinzu und deutet an sich hinab.

»Nee, echt nicht«, murmele ich und wieder gucken Sünje und ich uns an.

»Auf gar keinen Fall«, bekräftigt meine Cousine mit ernster Miene. »*Das* geht wirklich gar nicht.«

Dann prusten wir los.

Sandrina spitzt die Lippen. »Hab ich es dir nicht gesagt?«, wendet sie sich an Onkel Lothar. »Mit Kindern kann man einfach kein vernünftiges Wort wechseln.«

»Das musst du ja auch nicht, mein Täubchen«, beschwichtigt er sie. »Tu einfach so, als wären sie gar nicht da.«

»Klar«, raunt Sünje mir zu, »das ist natürlich die beste Lösung.«

Papa bläht seine Backen. Er öffnet den Mund, sagt dann allerdings doch nichts. Vielleicht, weil er das mahnende Kopfschütteln meiner Mutter registriert hat, vielleicht aber auch, weil in dieser Sekunde Tante Ulla aus dem Garten hinter dem Haus auftaucht. Sie trägt einen Wollpullover, eine bunte Lapplandmütze, eine dicke Weste und dunkelblaue Gummistiefel, die ihr bis unters Knie reichen. In der einen Hand hält sie eine Mistgabel und in der anderen eine Schaufel. Ihre Wangen und ihre große Nase sind von der Kälte gerötet und ihr offenes Lachen lässt ein paar kräftige und ein wenig schief gewachsene Schneidezähne zum Vorschein kommen.

»Seid mir ganz herzlich gegrüßt, ihr Lieben!«, ruft sie, lehnt Schaufel und Mistgabel gegen die Hauswand, wischt sich die Hände an ihrer Weste ab und eilt als Erstes auf meinen Onkel zu. »Komm her, großer Bruder, lass dich drücken!«

»Hallo, Ulla, wie schön, dich zu sehen«, sagt Onkel Lothar.

Er weicht einen Schritt zurück und streckt ihr ziemlich steif seine Hand entgegen. Tante Ulla stutzt, doch eine Sekunde später lacht sie bereits wieder.

»Oh, ich sehe schon, ihr tragt alle noch eure guten Sachen! Na, kein Problem«, meint sie. »Dann verschieben wir die Begrüßung eben auf später. Olaf ist ohnehin noch bei den Schafen. Und Hinnerk sollte schleunigst zusehen, dass er vor Einsetzen der Flut wieder Festlandboden unter den Hufen hat«, sprudelt es aus ihr hervor. »Ich schlage also vor, dass ihr zunächst Oma Grizabella und das ganze Gepäck ins Gästehaus schafft und euch dort ein wenig einrichtet. Leonie, du kannst natürlich hierbleiben. Und du, Ludvig, gehst bitte auch schon mal rein«, fährt sie fort, woraufhin der Kapuzenjunge vom Kutschbock springt und mit langen Sätzen im Haus verschwindet.

»Muddi, lass dich kurz ansehen.« Tante Ulla greift nach Oma Grizabellas Hand. »Ich freue mich so, dass wir endlich einmal alle miteinander Weihnachten feiern.«

»Ich auch, mein Schatz, ich auch«, erwidert meine Großmutter.

So richtig fröhlich klingt das allerdings nicht.

»Wenn du mich fragst: Sie ist eine dumme Kuh«, sagt Sünje, als wir in ihrem Zimmer angekommen sind. Es befindet sich im ersten Stock unter einer Schräge, hat zwei kleine Sprossenfenster zum Garten hinaus und ist mit alten Holzmöbeln und vielen farbenfrohen Accessoires urgemütlich eingerichtet. »Onkel Lothar hätte sie nicht mitbringen sollen.«

»Sie ist seine Freundin«, erwidere ich und lasse mich in einen großen Korbsessel fallen, in dem ein dickes Polster und unzählige bunte Kissen liegen.

»Freundin. Ja klar.« Sünje, die verkehrt herum auf dem Stuhl vor ihrem Schreibtisch Platz genommen hat, zeigt mir einen Vogel.

Verständnislos sehe ich sie an. »Was denn sonst?«

»Na, was wohl?«

Ich kapiere noch immer nicht.

»Sie ist *sehr jung* und *sehr hübsch* ...«, hilft Sünje mir auf die Sprünge.

»Findest du?»

»Pfff«, macht sie, spreizt zwei Finger ab und zeigt damit auf ihre Augen. »Ich habe drei Brüder, mir ist sonnenklar, wie Jungs ticken und wie sie sich die Mädchen anschauen und so.« Sie zwinkert mir zu. »Du weißt schon.«

Ich schüttele den Kopf. Gar nichts weiß ich und es ist mir auch egal. Die Jungs, die ich kenne, sind entweder langweilig oder bescheuert. Es interessiert mich nicht, was die über mich, meine Freundinnen oder Mädchen im Allgemeinen denken.

»Jedenfalls würde ich wetten, dass unsere überaus reizende Sandrina unter ihrem schicken Wintermantel eine aufsehenerregende Figur verbirgt«, setzt Sünje hinzu, reckt die Brust heraus und deutet mit ihren Händen einen üppigen Vorbau an.

»Ach so«, sage ich, denn endlich leuchtet in meinem Oberstübchen ein Laternchen auf. »Nee, nee«, widerspreche ich dann aber sofort. »Das hier ist ein Familientreffen. Onkel Lothar hätte die holde Sandrina bestimmt nicht mitgebracht, wenn sie nur eine Bettgeschichte wäre.«

»Umso schlimmer.« Sünjes Miene verfinstert sich. »Ich fürchte jedoch, dass du recht hast. Wahrscheinlich ist diese Barbiepuppe sogar der Grund für dieses Treffen.«

»Du meinst, weil Onkel Lothar sie uns vorstellen will? … Als seine zukünftige Ehefrau?«

»*Uns* bestimmt nicht«, erwidert sie. »Wir sind ja bloß Kinder. Mit der Ehefrau könntest du allerdings richtigliegen.«

»Von mir aus soll er die Kuh doch heiraten«, brumme ich. »Solange wir nicht jedes Jahr mit ihr Weihnachten feiern müssen.«

»Ach, und wenn schon«, entgegnet Sünje abwinkend. »Sie will ja ohnehin nicht mit uns reden.«

»Meinst du etwa, ich wechsele freiwillig auch nur ein einziges Wort mit der!«, stoße ich empört hervor und erzähle meiner Cousine in aller Ausführlichkeit von meinem unerfreulichen Zusammentreffen mit Sandrina auf der Deichtreppe.

»Du hättest das nicht tun sollen«, sagt Sünje.

»Was?«

»Ausweichen.«

Ich tippe mir an die Schläfe. »Denkst du etwa, die hätte mich vorbeigelassen?»

»Klar hätte sie das«, entgegnet Sünje. »Die wollte doch ihren Koffer holen und ...« Sie bricht ab und mustert mich stirnrunzelnd.

Irritiert erwidere ich ihren Blick. »Was meinst du?«

»Na, den Koffer! Wieso haben sie den nicht gleich mitgenommen?«

»Keine Ahnung«, sage ich. »Vielleicht konnten sie nicht alles auf einmal schleppen.«

»Hmhm.« Sünje zieht eine Schnute. »Das würde zu ihr passen. Die ist garantiert so eine, die immer ihren ganzen Kleiderschrank mitnimmt. Selbst wenn sie nur zwei Tage unterwegs ist. Ein Wunder, dass sie selber noch mal losgelaufen ist.«

»Stimmt.« Ich nicke. »Eigentlich hätte Onkel Lothar das schwere Ding für sie schleppen müssen.«

Sünje nickt ebenfalls. »Wir sollten bei Gelegenheit nachschauen, was in diesem Koffer ist.«

»Spinnst du?«, erwidere ich. »Wie willst du das denn anstellen?«

»Das weiß ich im Augenblick noch nicht, aber irgendwann wird sich schon eine Möglichkeit ergeben«, gibt sie zuversichtlich zurück.

»Willst du dich etwa in ihr Zimmer schleichen?«, frage ich.

Anstatt mir zu antworten, zuckt Sünje nur mit den Schultern.

»Ohne mich! Wir können doch nicht einfach in fremder Leute Sachen rumwühlen.«

»Jetzt pass mal auf«, brummt Sünje. »Wenn Onkel Lothar die Dame wirklich heiraten will, gehört sie zur Familie, und dann ist sie auch keine Fremde mehr.« Meine Cousine seufzt inbrünstig. »Leider. Trotzdem behandeln wir sie einfach so, als wäre sie gar nicht da«, beschließt sie.

»Weil sie sich ja sowieso nicht für Kinder interessiert«, füge ich hinzu.

»Genau«, bestätigt Sünje. »Und deshalb tun wir so, als ob überall dort, wo Sandrina sich gerade befindet, in Wahrheit ein Loch ist.«

Ich grinse. Auf eine solche Idee kann wirklich nur Sünje kommen!

»Ein Loch im Teppich … im Sofa … im Küchenboden«, fängt sie an aufzuzählen.

»Noch besser als ein Loch fände ich ja eine Kuh«, kichere ich. »Dann wäre kein Loch *im*, sondern eine Kuh *auf* dem Sofa! Das würde Tante Ulla garantiert besser gefallen.«

»Meine Mutter ist zwar alles andere als zimperlich«, rudert Sünje zurück, »aber eine Kuh auf dem Sofa wird sie ganz bestimmt nicht dulden.« Wieder zieht sie einen Flunsch. »Wegen Tante Sybille dürfen jetzt nicht mal Kowalsky und Frau Etepetete ins Haus.«

»Frau Etepetete?«, frage ich. »Wer ist denn das schon wieder?«

»Unsere Katze natürlich.«

Ich glaub's ja nicht! »Auf *den* Namen hört sie?«

»Nö«, meint Sünje. »Eine Katze muss nicht hören. Schließlich ist sie kein Hund. Deshalb heißen die meisten Katzen hier auch einfach nur Katze. Man spricht sie gar nicht groß an.«

»Ts«, sage ich und schüttele den Kopf. »Ich würde mich sowieso nicht mit einer Katze unterhalten.«

»Grober Fehler«, erwidert Sünje. »Katzen sind nämlich die besten Zuhörerinnen überhaupt. Du kannst ihnen alles erzählen. Notfalls trösten sie dich sogar. Und was das Beste ist: Sie sind absolut verschwiegen.«

»Das sind Hunde doch auch.«

»Irrtum«, widerspricht Sünje. »Hunde sind das genaue Gegenteil. Die verpetzen mehr, als einem lieb ist.«

»Quatsch«, sage ich und schleudere ein orange-gelb gestreiftes Kissen nach ihr, das sie mühelos auffängt. »Hunde sind doch keine Menschen.«

»Dann warte mal ab«, entgegnet Sünje. Sie holt aus, um das Kissen zu mir zurückzuwerfen – und trifft mich mitten ins Gesicht.

»Hey!«, rufe ich, doch meine Cousine lacht nur.

»Du wirst dich noch wundern«, sagt sie. »So wie unsere holde Sandrina«, setzt sie geheimniskrämerisch hinzu.

Einen Moment lang sehen wir uns schweigend an. Mir ist schon klar, dass Sünje nur darauf wartet, dass ich nachhake und sie zum Plaudern verleite, aber ich habe keine Lust mehr, noch weiter über Onkel Lothars neue Flamme zu reden. Für mich ist und bleibt sie eine blöde Kuh … oder meinetwegen auch ein Loch. Abgesehen davon interessiert mich etwas anderes gerade viel mehr.

»Dieser Kapuzenjunge, der mit uns hergekommen ist«, beginne ich und bemühe mich, nicht allzu neugierig zu klingen. »Wer ist das eigentlich?«

»Ludvig«, sagt Sünje. »Der Neffe von Frau Hannsen.«

»Okay … Und wer ist Frau Hannsen?«

»Die Leuchtturmwärterin drüben vom Festland. Wieso?«

»Ach, ich habe mich nur gewundert«, entgegne ich achselzuckend. »Dass er bei uns mitgefahren ist. Ich dachte nämlich, er wäre der Sohn des Kutschers. Die beiden haben allerdings überhaupt nicht miteinander geredet.«

»Ludvig redet sowieso nicht viel. Er ist ganz in Ordnung, aber …«

Sünje bricht ab und beißt sich auf die Unterlippe.

»Aber was?«, bohre ich nach.

»Darüber soll ich nicht sprechen«, erwidert Sünje und steht von ihrem Stuhl auf.

»Oh! … Hat er das gesagt?«

»Hmmm.« Sie nickt und deutet auf meine Reisetasche. »So, und jetzt packen wir dein Zeug aus und räumen es zu meinen Klamotten in den Kleiderschrank.«

Ich rühre mich nicht vom Fleck. Die Sache mit diesem Ludvig scheint mir nämlich sehr viel spannender zu sein.

»Dann seid ihr also befreundet? Du und Ludvig?«, frage ich.

Sünje schüttelt unwillig den Kopf. »Nicht direkt«, antwortet sie ausweichend. »Wir gehen zusammen zur Schule.«

»Auf dem Festland?«

»Nein, hier auf der Hallig. Wir haben eine eigene Schule«, erklärt Sünje mir. »Finn, Ludvig und ich werden zusammen von einem Lehrer unterrichtet. Dabei wäre es für Ludvig bequemer, wenn er die Gemeinschaftsschule in Tiedenbüll besuchen würde. Schließlich wohnt er bei seiner Tante im Leuchtturmhaus. Aber die findet so eine kleine Schülergruppe besser als eine richtige Klasse.«

»Und Ludvig?«, hake ich weiter nach. »Findet er das auch?«

»Glaub schon.« Sünje sieht mich kurz an und öffnet dann den Reißverschluss meiner Reisetasche. »Und jetzt hör auf zu fragen, okay?«

Unstimmigkeiten

Wir brauchen keine zehn Minuten, um meine Reisetasche auszuleeren und meine Klamotten in Sünjes Kleiderschrank zu räumen.

Man sieht gleich, dass wir einen ganz ähnlichen Geschmack haben. Jeans, gemusterte T-Shirts und Kapuzenpullis gehören zu unserer Grundausstattung. Und genau wie ich trägt auch sie im Winter am liebsten Schnürboots und einen dick gefütterten Anorak.

»Macht es dir eigentlich etwas aus, dass du deine Weihnachtsgeschenke erst bekommst, wenn ihr wieder zu Hause seid?«, fragt sie mich, nachdem sie die Schranktüren geschlossen hat.

»Nö«, erwidere ich grinsend. »Ich krieg ja trotzdem was, weil ich Geburtstag habe.«

»Ach, Mensch, stimmt!«, ruft Sünje. »Du bist ja ein waschechtes Christkind!«

»Na ja …«, sage ich. »Wunder vollbringe ich nun nicht gerade. Habt ihr diesen Julklapp eigentlich schon öfter gemacht?«, frage ich dann.

Sünje schüttelt den Kopf. »Wir Geschwister schenken uns untereinander sowieso nichts. Irgendwie finden wir das nicht so wichtig. Außerdem macht Julklapp auch nur im großen Kreis Spaß, wenn keiner weiß, von wem das Geschenk kommt.«

»Und?«, frage ich. »Hast du was Cooles gekauft? Oder was Durchgeknalltes?«

Das würde ihr nämlich ähnlichsehen.

Sie grinst. »Was Cooles natürlich.«

»Logisch«, sage ich. »Das war ja auch die Vorgabe: zwischen zehn und dreißig Euro, passend für jedes Alter und für Männlein und Weiblein … *und keinen Mist*«, betone ich. »Ich fand das gar nicht so leicht. Aber ich habe was gefunden, mit dem wohl jeder etwas anfangen kann. Außer Malte vielleicht.«

»Der macht sowieso nicht mit«, entgegnet Sünje. »Er ist ja erst vier.«

»Dann geht er also leer aus?«, frage ich bestürzt. »Oder muss er vor dem Julklapp ins Bett?«

»Weder noch«, sagt Sünje. »Meine Mutter hat etwas für ihn gekauft und in Kinderpapier eingewickelt. Malte darf dann zuerst aussuchen.«

»Und wenn er lieber eins von den anderen Geschenken haben will?«, wende ich ein.

Sünje schüttelt den Kopf. »Ganz sicher nicht. Auf seinem Geschenkpapier spielen Drachen mit Weihnachtsmännern Fußball.«

Okay. Alles klar. Ich verstehe zwar nicht viel von Jungs, aber das kapiere sogar ich.

Eine halbe Stunde später sitzen wir alle unten im geräumigen Wohnzimmer zum Kaffee zusammen. Es gibt dort einen großen ausziehbaren Tisch, an dem die ganze Familie bequem Platz findet.

Mitten darauf, zwischen Tellern mit köstlichem Weihnachtsgebäck und einem Holzbrett, auf dem ein angeschnittener Weihnachtsstollen liegt, steht ein schlichter Adventskranz aus Weidenzweigen, ein bisschen Tannengrün und vier roten Kerzen. Auf den Fensterbänken brennen Teelichter in bunt bemalten Gläsern und im ganzen Raum riecht es angenehm leicht nach Zimt.

Onkel Olaf hat Oma Grizabellas Rollstuhl an die Stirnseite des Tisches geschoben, an der anderen gegenüber thront Onkel Lothar. Die holde Sandrina sitzt rechts von ihm über Eck. Sie hat ihre Haare hochgesteckt und trägt ein ärmelloses hautenges Kleid aus einem schimmernden lilafarbenen Stoff. Was die Größe ihres Busens betrifft, hat Sünje vorhin sogar noch untertrieben. Er quillt nämlich in schwindelerregender Üppigkeit aus ihrem Ausschnitt hervor.

Onkel Lothar und sie haben ihre Ellenbogen aufgestützt, halten Händchen und schmachten sich an. Ich kann gar nicht hinsehen. – Es ist einfach nur peinlich!

Sünje und ich haben sofort zwei Plätze neben unserer Großmutter ergattert. Hier fällt es uns leichter, die beiden Turteltauben nicht die ganze Zeit anzustarren und so zu tun, als ob die holde Sandrina gar nicht da wäre.

»Ihr zwei versteht euch, was?«, meint Oma Grizabella zu uns. Sie tätschelt meine Hand und lächelt Sünje an.

»Das ist schön, meine Süßen. Wirklich schön«, murmelt sie, während ihr Blick von einem zum nächsten wandert, kurz bei Onkel Lothar verweilt und schließlich wieder zu mir zurückkehrt. »Wo ist eigentlich deine Schwester?«

»Ähm, Anna-Sophia?«

»Hast du noch 'ne andere?«, fragt Sünje leise kichernd, woraufhin ich ihr meinen Ellenbogen in die Seite stupse.

»Keine Ahnung«, sage ich zu Oma Grizabella. »Vielleicht muss sie sich noch aufbrezeln.«

»Na ja, also länger als unsere liebe Sandrina wird sie dafür wohl kaum brauchen«, erwidert meine Großmutter so laut, dass es für alle gut zu verstehen ist.

»Gibt es ein Problem, Mutter?«, höre ich Onkel Lothar fragen.

»Überhaupt nicht«, entgegnet Oma Grizabella. »Ich finde Sandrinas Kleid wirklich ganz bezaubernd.«

»Ich übrigens auch«, sagt Tante Ulla, die mit einer Thermoskanne in der Hand um den Tisch herumläuft und die Tassen der Erwachsenen mit Kaffee füllt. »Ich hoffe nur, dass du dich nicht verkühlst, Mädchen.«

»Sandrina ist seit sechs Jahren volljährig«, weist Onkel Lothar sie zurecht. »Ich glaube, es wäre in unser aller Sinne, wenn du sie mit Respekt behandelst.«

Tante Ulla sieht ihn irritiert an. »Tue ich das etwa nicht?«

»Nein«, knurrt Onkel Lothar. »Zumindest nicht, indem du sie *Mädchen* nennst.«

»Nanu? Seit wann bist du denn so empfindlich?«, gibt Tante Ulla überrascht zurück. »Du kannst übrigens sehr gern eine Strickjacke oder ein Tuch von mir bekommen, falls dir doch noch kalt werden sollte«, setzt sie an Sandrina gewandt hinzu. »Dann musst du nicht extra ins Gästehaus hinüberlaufen.«

»Ursula, es ist gut jetzt«, zischt Onkel Lothar seine Schwester an. »Eigentlich wollten wir nur wissen, wo Anna-Sophia steckt.«

»Oh, sie kommt sicher gleich«, entgegnet Mama, und die holde Sandrina wirft Tante Ulla einen Blick zu, in dem klar und deutlich geschrieben steht, dass sie eher tot umfallen würde, als eine Strickjacke umzulegen, die nicht zu ihrem Outfit passt.

»Ich schau mal, wo sie bleibt«, sagt Gonne und springt von seinem Stuhl auf. Er und seine Brüder sitzen uns gegenüber. Sie sind genauso brünett und blauäugig wie Sünje und irgendwie sehen sie alle ein wenig verstrubbelt aus.

»Nun warte mal noch einen Moment«, hält Tante Ulla ihn zurück. »Und setz dich wieder hin. Ludvig fehlt schließlich auch noch.«

»Er hat keinen Hunger«, sagt Finn, während Gonne sich langsam wieder auf seinen Platz sinken lässt.

Tante Ulla schüttelt den Kopf. »Aber es gibt Käsetorte!«

»Trotzdem«, sagt Finn.

»Ludvig liebt Käsetorte«, erklärt Tante Ulla uns.

»Jetzt lass doch mal den Jungen!«, braust Onkel Lothar auf. »Er gehört ja ohnehin nicht zur Familie.«

»Ach so.« Tante Ulla, die mit ihrer Kaffeekanne inzwischen bei Oma Grizabella angekommen ist, stößt geräuschvoll einen Schwall Luft aus. »Und deshalb soll er keine Torte bekommen? Oder mit uns am Tisch sitzen?«

»Es handelt sich um ein Familientreffen«, betont Onkel Lothar.

»Wir können den Jungen ja wohl schlecht nach Hause schicken«, entgegnet Tante Ulla und deutet zum Fenster hinaus. »In anderthalb Stunden ist Hochwasser.«

»Willst du mir nicht endlich Kaffee einschenken?«, fragt Oma Grizabella.

»Natürlich, Mutter. Entschuldige.« Tante Ulla legt ihr kurz eine Hand auf die Schulter und füllt dann ihre Tasse.

»Was hat dieses Kind hier überhaupt zu suchen?«, fragt Onkel Lothar harsch.

»Ludvig ist unser Freund«, sagt Malte. »Er ist cool.«

»Also, mir scheint er eher verstockt zu sein«, erwidert Onkel Lothar, sieht dabei aber nicht Malte, sondern Tante Ulla an. Als die nicht reagiert, wandert sein Blick schließlich zu Onkel Olaf, der ähnlich wie Papa stumm auf seinem Stuhl sitzt und beinahe teilnahmslos wirkt. »Sag du doch auch mal was!«

»Ludvig ist schon in Ordnung«, kommt es schulterzuckend von Onkel Olaf. Er nimmt seinen Teller hoch und hält ihn der holden Sandrina entgegen. »Ich hätte gerne von den Schokoladenprinten«, sagt er und weist auf die Platte, die direkt vor ihr steht. »Können ruhig ein paar mehr sein.«

Sandrina rührt sich nicht. Sie schaut nicht einmal zu Onkel Olaf hin, sondern tut so, als wäre er Luft.

»Dabei ist *sie* doch das Loch«, raune ich Sünje leise zu.

Gonne hat es offenbar trotzdem gehört. Er grinst von einem Ohr zum anderen und signalisiert mir mit hochgerecktem Daumen einen Volltreffer.

»Lass nur, ich mach das schon«, bietet Mama sich an, obwohl sie mindestens einen Meter von dem großen Teller mit den Printen entfernt sitzt und extra aufstehen muss.

Nach einer Weile sind alle Tassen mit Kaffee, sämtliche Gläser mit Mineralwasser, Cola oder Saft und alle Teller mit Kuchen, Stollen oder Gebäck gefüllt Vor Sandrina steht ein besonders dickes Stück Käsetorte mit einem beneidenswert voluminösen Schlag Sahne obendrauf.

»Wollte sie nicht eigentlich bloß ein Vanillekipferl?«, flüstert Sünje mir kichernd ins Ohr.

»Tja«, wispere ich, während ich einen Blick zu Tante Ulla hinüberwerfe, die mit äußerst zufriedenem Gesicht vor sich hin schmaust. »Rache ist eben süß.«

Ich bin heilfroh, als der Kaffeeklatsch vorbei ist und wir das Geschirr zusammenstellen und in die Küche tragen können.

Die holde Sandrina sitzt noch immer so reglos wie ein Stockfisch vor ihrem Teller. Die ganze Zeit über hat sie weder ein Wort gesagt noch einen Bissen angerührt. Oma Grizabella hat Sünje, Finn, Gonne und mich über die Schule und unsere Freizeitaktivitäten ausgequetscht und auch Mama, Papa, Onkel Olaf und Tante Ulla haben sich angeregt über alles Mögliche unterhalten.

»Wenn die Kinder mit dem Abräumen fertig sind und sich verzogen haben, würde ich gerne noch ein Wort mit euch reden«, höre ich Onkel Lothar hinter mir sagen. Seine Stimme klingt ziemlich angesäuert, und obwohl er zwei Stücke Kuchen verdrückt hat, macht es nicht den Eindruck, als ob es ihm sonderlich geschmeckt hätte.

»Ich möchte jetzt echt nicht in Mamas Haut stecken«, meint Sünje, schlüpft in ihre Schnürboots und angelt einen weinroten Anorak vom Garderobenhaken.

Inzwischen haben sie, ihre Brüder und ich uns im Flur versammelt.

»Und ich nicht in Sandrinas«, erwidert Gonne. »Wenn hier jemand nicht in diese Runde passt, dann ja wohl sie. Jedenfalls war es ziemlich schlau von Anna-Sophia, sich von dem ersten Akt unseres Familientheaters fernzuhalten.«

»Andere finden so was wohl eher unhöflich«, kontere ich.

»Meinst du unsere Eltern?«, fragt Finn.

»Nee, Kleiner, damit meint Leonie unseren lieben Onkel Lothar«, antwortet Gonne an meiner Stelle und zwinkert mir zu. »Stimmt's?«

»Ich bin nicht klein«, knurrt Finn.

»Ich auch nicht!«, kräht Malte und boxt Gonne mit seinen zarten Fäusten in den Bauch.

»Lass das sein, du Floh!«, ruft sein großer Bruder lachend. Er packt Malte unter den Armen und stemmt ihn hoch über sich in die Luft.

Malte strampelt wie wild mit den Beinen und versucht, seinen Bruder am Hemdkragen zu erwischen. Doch seine Arme sind eindeutig zu kurz.

»Pass bloß auf! Wenn du nicht sofort aufhörst, buddele ich dich im Schnee ein«, feixt Gonne. Er setzt Malte jetzt auf seiner Hüfte ab und fängt an, ihn zu kitzeln.

Malte gluckst und gackert und biegt seinen Oberkörper in alle Richtungen.

»Brüder«, brummt Finn und verdreht die Augen. »Ich geh mich mal um Ludvig kümmern«, verkündet er und verschwindet die Treppe hinauf nach oben.

Ich sehe Sünje fragend an, doch die schüttelt nur den Kopf.

Alles klar! Ludvig ist ganz offensichtlich noch immer kein Thema für sie.

»Er hat ein brandneues Spiel mitgebracht«, kommt die Erklärung von Gonne. »Wii Sports.«

»Dacht' ich mir schon«, entgegnet Sünje und fügt »Nintendo, wenn du verstehst, was ich meine« an mich gerichtet hinzu.

»Schon kapiert«, sage ich grinsend. »Meine Freundin Louisa ist auch ganz verrückt danach.«

»Ich nicht«, stellt Sünje klar. »Ich renne lieber zehnmal um die ganze Hallig, als so zu tun, ich würde Tennis spielen.«

»Du bist ja auch ein echtes Naturkind«, erwidert Gonne neckisch und zwinkert mir wieder zu. Er lässt Malte runter und hält ihm eine rote Mütze und einen geringelten Schal hin. »Nehmt ihr diesen frechen Quälfloh bitte mit raus?«

»Och nö!«, stöhnt Sünje. »Heute bist du mal dran. Ich will Leonie den Schafstall zeigen.«

»Und ich möchte Anna-Sophia gerne ein bisschen aufmuntern«, gibt Gonne zurück. »Ich glaube, sie hat es nötig.«

»Schon klar«, entgegnet Sünje grinsend. »Hoffentlich beißt du dir an ihr nicht die Zähne aus.«

»Keine Sorge, kleine Sonne.« Gonne wirft seiner Schwester einen Kussmund zu. »Ich kenne meine Grenzen.«

Alles an ihm ist irgendwie groß: sein Brustkorb, seine Augen, seine Nase, sein Mund. Außerdem hat er die gleichen schiefen Zähne wie Tante Ulla. Das ständige Gezwinker geht mir zwar ein bisschen auf die Nerven, dafür gefällt mir, wie Gonne mit seinen Geschwistern umgeht. Ich finde ihn total symphatisch und wünschte, ich hätte auch so einen Bruder! Er wäre mir tausendmal lieber als diese zickige Anna-Sophia.

Strohmäuse

Der Schafstall befindet sich ungefähr dreihundert Meter vom Wohnhaus entfernt. Man erreicht ihn über einen schmalen Plattenweg, von dem jedoch kaum etwas zu erkennen ist, da die ganze Hallig von einer Schneeschicht bedeckt wird. Der Himmel hat sich mittlerweile wieder zugezogen und es rieseln feine Flocken auf uns herab.

»Wenn das so weitergeht, haben wir bald Schnee unter«, meint Sünje und leuchtet mit der Taschenlampe in alle Richtungen.

»Au ja!«, jubelt Malte. »Dann buddelt Gonne mich ein.«

»Lieber nicht«, erwidert Sünje lachend. »Schnee ist eiskalt. Außerdem kriegst du dann keine Luft mehr.«

»Doch nicht die Nase einbuddeln!«, stößt Malte empört hervor. Er macht einen Satz zur Seite, geht in die Hocke, gräbt seine Hände in die unberührte weiß glitzernde Oberfläche und wirbelt jede Menge Schnee auf. »Ich will nicht mit in den Stall!«, verkündet er.

»Musst du ja auch nicht«, sagt Sünje. »Aber du bleibst bitte in der Nähe, damit du mich hörst, wenn ich dich rufe.«

»Tust du ja nicht«, entgegnet Malte. »Du rufst mich nie.«

»Das ist nicht wahr«, widerspricht Sünje energisch.

»Zumindest hab ich dich immer im Auge. Und deshalb bleibst du bitte hier vor dem Stalltor.« Sie fasst ihren vierjährigen Bruder unters Kinn und zwingt ihn, ihr ins Gesicht zu sehen. »Klar?«

»Ja, ja.«

Der Kleine versucht, sich loszumachen, doch seine Schwester hat ihn fest im Griff.

»Malte, ich meine es ernst«, bekräftigt Sünje. »Ich habe weder Lust, die ganze Hallig nach dir abzusuchen, noch mit Mama und Papa Ärger zu kriegen, weil ich nicht richtig auf dich aufgepasst habe. Wenn du also hier draußen spielen willst, während Leonie und ich uns die Schafe anschauen und Kowalsky und Petty streicheln, dann rennst du gefälligst nicht weiter weg als bis zur Linie«, verschärft sie ihren Ton.

»Oh, ihr habt zwei Hunde?«, frage ich.

»Nein.« Sünje schüttelt erstaunt den Kopf. »Wieso?«

»Petty«, sage ich nur.

»Nee, das ist unsere Katze«, erklärt sie mir. »Petty ist die Kurzform von Frau Etepetete.«

»Katze! Katze! Katze!«, johlt Malte, dreht sich einmal um die eigene Achse und lässt sich mit dem Hintern in den Schnee plumpsen. »Welche Linie?«, kräht er dann.

»Diese hier«, sagt Sünje und zieht mit ihrer Stiefelspitze eine Furche quer über den Weg.

In null Komma nix ist Malte wieder auf den Beinen. Mit einem Satz hüpft er über die Linie hinweg und zieht zehn Zentimeter daneben eine weitere Furche in den Schnee. »Nö, lieber diese hier.«

Er stemmt die Fäuste auf seine Hüfte und guckt Sünje herausfordernd an.

»Wie du willst«, meint sie kühl, umfasst seinen Arm und zieht ihn auf das Stalltor zu. »Dann kommst du eben doch mit uns.«

»Nein! Nein! Nein!«

Malte zetert und windet sich, als sollte er auf einen Stock gespießt und über dem Feuer gebraten werden.

Sünje lässt ihn so plötzlich los, dass er auf allen vieren im Schnee landet.

»Du bist blöd!«, jault er und klopft seine Hände an ihren Oberschenkeln aus.

»Warum bringst du ihn nicht einfach zurück ins Haus?«, frage ich. »Können deine Eltern sich nicht um ihn kümmern?«

Sünje schüttelt den Kopf. »Die haben genug anderes zu tun. Papa sitzt vor dem Abendessen meistens am Computer. Wetter und Gezeiten checken oder irgendwelchen Papierkram erledigen.«

»Und deine Mutter?«

»Die hat jetzt, wo das Haus voll ist, keine Zeit«, erwidert sie. »Ich wette, sie putzt das Zimmer, in dem Tante Sybille und Onkel Rainer wohnen sollen, noch dreimal durch, um auch ganz sicher zu gehen, dass sie garantiert kein Staubkörnchen übersehen hat.«

»Mama kann ihr doch helfen«, sage ich. »Und das wird sie auch«, setze ich zuversichtlich hinzu.

»Ich weiß.« Sünje schaltet die Taschenlampe aus und richtet ihr Gesicht zum Himmel, sodass die Schneeflocken auf ihre Wangen fallen und langsam schmelzen. »Gonne hat es gut«, sagt sie leise. »Der geht in Flensburg aufs Internat. Ich kann da frühestens in zwei Jahren hin. Allerdings glaube ich nicht, dass Mama mich dann schon weglässt.«

Bestürzt sehe ich sie an. Ich möchte etwas sagen, sie trösten, spüre aber deutlich, dass ich das gar nicht kann. Sünjes Leben ist völlig anders als meins, und obwohl sie erst Anfang April dreizehn wird, also gute drei Monate jünger ist als ich, kommt sie mir auf einmal viel älter vor.

»Willst du wegen mir ins Internat?«, fragt Malte, der die ganze Zeit ganz still neben uns gestanden und zwischen seiner Schwester und mir hin- und hergesehen hat.

»Manchmal schon«, murmelt Sünje. Sie wischt sich flüchtig mit dem Handrücken über die Augen und beugt sich dann lachend zu ihm hinunter. »Natürlich nicht deinetwegen«, sagt sie, schlingt ihre Arme um ihn und küsst ihn auf die Nase. »Ich hab dich doch lieb.«

»Und?«, fragt Sünje. »Möchtest du deine Schwester immer noch gegen meine Brüder eintauschen?«

Inzwischen sitzen wir im Stall auf einem Stapel Strohballen. Der grauweiße Mischling Kowalsky hat uns schwanzwedelnd begrüßt. Jetzt hockt er zwischen Sünje und mir und lässt sich von uns hinter den Ohren kraulen, was ihm offensichtlich außerordentlich gut gefällt.

»Quatsch!«, sage ich. »Wie kommst du denn darauf?«

»Das war ja wohl nicht zu übersehen.« Sünje schlingt mir lächelnd ihren Arm um den Hals. »So wie du Gonne eben im Hausflur angeschmachtet hast.«

»Spinnst du!«, stoße ich aus. »Ich hab ihn doch nicht angeschmachtet!«

»Na ja, vielleicht nicht so. Aber du magst ihn, stimmt's?«

Ich ziehe die Schultern bis zu den Ohren hoch. Was heißt schon mögen?

»Lieber als Anna-Sophia wäre er mir allerdings schon«, gebe ich zu.

Zumindest prinzipiell.

»Wuff!«, macht Kowalsky. – Als hätte er mich verstanden!

»Hast du sie denn überhaupt nicht gern?«, fragt Sünje.

»Klar hab ich das«, erwidere ich. »Wir verstehen uns nur nicht besonders. Sie interessiert sich nicht für meine Sachen und ich mich nicht für ihre. Sie geht mir eben ziemlich auf den Keks.«

Sünje runzelt die Stirn. »Bloß weil sie anders ist?«

»Nein. Weil sie immer so eine Show abzieht Sie packt ihre Tasche nicht. Geht auf der Raststätte nicht mit aufs Klo, sondern erwartet, dass man ihretwegen einen Extrastopp einlegt. Kommt nicht zum Kaffeetrinken. So was eben.«

»Das würde mich auch nerven«, räumt Sünje ein. »Andererseits musst du dich nicht um Anna-Sophia kümmern. Du kannst sie einfach links liegen lassen. Mit Finn und Malte geht das nicht. Seitdem Gonne unter der Woche in Flensburg ist, bin ich für meine Brüder mit verantwortlich. Und das ist manchmal ganz schön nervig.«

Kowalsky winselt leise und leckt Sünje mitfühlend über den Jackenärmel.

»Hast du gar keine Angst, dass er dich verpetzt?«, frage ich grinsend, rutsche von meinem Strohballen herunter und vergrabe meine Hand in seinem dichten Brustfell.

Irritiert sieht Sünje mich an. »Ach so«, sagt sie dann. »Na, zum Glück kann er nicht reden. Mit Verpetzen meinte ich, dass man vor Hunden nichts verstecken kann. Kowalsky findet einfach alles. Und er schleppt es hundertprozentig immer ausgerechnet zu demjenigen, der davon nichts wissen soll. Außerdem hat er mich schon ein paar Mal an meine Mutter verraten, wenn ich Malte für kurze Zeit unbeaufsichtigt gelassen habe.«

»So wie jetzt?«

»Ja, wenn wir ihn nicht kraulen würden, wäre er garantiert schon längst zum Wohnhaus rübergeflitzt und hätte so lange an der Haustür gekratzt, bis ihm jemand geöffnet hätte.«

»Eigentlich ist das doch gut«, wende ich ein. »Willst du denn nicht lieber mal nach Malte sehen?«

»Ach, dem passiert schon nichts«, meint Sünje abwinkend. »Und jetzt komm, ich zeig dir rasch noch den Heuboden.«

Sie springt auf, packt mich am Handgelenk und zieht mich ebenfalls in den Stand.

Es geht quer durch den Stall an unzähligen Boxen voller wiederkäuender und uns misstrauisch beäugender

Wollknäuel vorbei bis zu einer Leiter, die ziemlich steil nach oben führt.

Sünje klettert voran und ich folge ihr mit etwas Abstand. Kowalsky setzt seine Pfoten auf die unterste Sprosse und kläfft uns wütend hinterher. Es gefällt ihm überhaupt nicht, dass er nicht mehr gestreichelt wird.

»Look for Petty!«, ruft Sünje zu ihm hinunter und tatsächlich trollt Kowalsky sich auf ihr Kommando.

»Sucht er jetzt wirklich eure Katze?«, frage ich, während ich dicht neben ihr einen schmalen Gang entlanghusche, der zwischen hoch aufgestapelten Heuballen hindurchführt.

»Jep.« Sünje nickt. »Kowalsky weiß, dass er ein Leckerli bekommt, wenn er sie aufstöbert.«

Bei jedem Schritt knarzt der Holzboden unter unseren Füßen, und zwischen den Ballen ertönt hier und da ein leises Rascheln, das mich jedes Mal zusammenzucken lässt.

»Keine Panik«, meint Sünje. »Das sind bloß Mäuse.«

»Iiiih, echt?«, stoße ich entsetzt hervor.

»Ja, echt«, brummt sie. »Aber mach dir keine Gedanken. Man kriegt nur alle paar Wochen mal eine zu Gesicht.«

Kein Wunder. So dunkel, wie es hier oben ist. Durch die Ritzen zwischen den Dielen dringt nämlich gerade mal so viel Licht, dass man erkennen kann, wohin man den nächsten Schritt setzt. »Willst du nicht lieber die Taschenlampe wieder einschalten?«

Sünje lacht. »Keine Bange, ich kenne mich hier aus.«

»Ich aber nicht«, sage ich.

»Die Taschenlampe wäre uns nur hinderlich«, gibt sie ein wenig unwirsch zurück. »Ich habe sie unten auf den Ballen liegen gelassen. Und was die süßen kleinen Nager angeht … da sorgt Petty schon für Ordnung.«

Na toll! Bisher habe ich die Katze aber leider noch nicht zu Gesicht bekommen! Ich kann nur hoffen, dass Kowalsky sie findet – und dass sie für eine Mäusejagd womöglich nicht doch zu etepetete ist.

Schließlich erreichen wir ein Areal, in dem es keine geschnürten Ballen mehr gibt, sondern das Heu locker über den Boden verteilt liegt. Direkt neben uns befindet sich eine geöffnete Bodenklappe, durch die man das Heu in den Stall hinunterbefördern kann. Ein dicker Haufen türmt sich dort in einer großen Auffangbox. Ein paar Schafe haben ihre Köpfe durch das Gatter gezwängt und zupfen daran herum.

»Dort springen wir gleich rein«, kündigt Sünje an.

»Besten Dank, ich ganz bestimmt nicht«, entgegne ich. »Das ist doch viel zu tief.«

»Überhaupt nicht«, erwidert sie. »Das sind höchstens vier Meter. Und es macht irre Spaß. Aber jetzt zeige ich dir erst mal meine Lieblingsstelle.«

Sünje läuft einfach weiter, ohne meine Antwort oder besser gesagt meinen Protest abzuwarten. Und weil mir dieser Heuboden wegen des Geknarzes und Geraschels nicht ganz geheuer ist, bleibt mir gar nichts anderes übrig, als ihr zu folgen.

Wieder geht es einen schmalen Gang entlang. Rechts und links von uns türmt sich das Heu bis fast unter die

Decke, dann wird es ganz plötzlich heller und ich atme ein wenig auf.

Sünje hält nun genau auf ein langes, schmales Fenster zu, unter dem die sehr viel größeren Rundballen aufgestapelt sind. Meine Cousine taucht in eine Nische ab, zieht eine Holzleiter daraus hervor und lehnt sie gegen die Ballen.

»Sei vorsichtig«, warnt sie mich, während sie flink wie ein Wiesel die Leiter erklimmt. »Die dritte und die sechste Sprosse sind schon ein bisschen angeknackst.«

»Und die zweite ist bereits durchgebrochen«, stelle ich mit Missbehagen fest.

»Jetzt komm schon!«, knurrt Sünje ungeduldig und streckt mir ihre Hand entgegen.

»Okay.« Ich habe ja eh keine Wahl.

Vorsichtig kraxele ich das morsche Ding hinauf, ergreife Sünjes Hand und lasse mir von ihr auf die große Fläche aus Rundballen helfen. Wie riesige Käseräder liegen sie dicht an dicht zusammen, und überall dort, wo sie aneinanderstoßen, ergeben sich stockdunkle, rautenförmige Zwischenräume.

»Pass auf, dass du da nicht reintrittst«, ermahnt Sünje mich. »Strohmäuse hocken nämlich am liebsten in finsteren Löchern und warten nur darauf, dass sie sich in den Zehen unachtsamer Menschen festbeißen können. Diese Viecher sind ungewöhnlich groß und haben ziemlich lange Zähne.«

So wie sie schon wieder grinst, ist mir natürlich gleich klar, dass sie mich bloß auf den Arm nehmen will. Trotzdem läuft mir ein Gänsehautschauer nach dem anderen über den Rücken.

In langen Sätzen springe ich von Ballen zu Ballen, sorgsam darauf bedacht, möglichst immer in ihrer Mitte zu landen und auf keinen Fall in die Nähe der Zwischenräume zu geraten.

»Alles klar?«, fragt Sünje, als wir kurz darauf vor dem Fenster stehen.

Ich nicke tapfer und lasse mich neben sie auf einen einsamen kleinen Strohballen sinken. »Hast *du* den etwa hier hinaufgeschleppt?«

»Nee, das hat Gonne für mich gemacht«, erwidert Sünje und deutet zum Fenster hinaus. »Und? Wie findest du es?«

»Cool«, sage ich. Denn das ist es tatsächlich.

Der weite Blick über eine große schneebedeckte Weide, die Rundung des Ufersaums, die mich deutlich erkennen lässt, wie klein diese Hallig eigentlich ist, und das schier endlos erscheinende Meer dahinter lassen mich für einen Moment sogar die Strohballenmäuse und die Dunkelheit des Heubodens vergessen. Der Himmel hängt grau und tief über allem, und dafür, dass Winter ist, finde ich es ungewöhnlich hell dort draußen.

»Heute ist Vollmond«, sagt Sünje, ehe ich mein Erstaunen darüber äußern kann.

»Gib's zu, du bist eine Hexe«, witzele ich. »Eine Gedankenleserin.«

»Quatsch.« Sünje stupst ihre Schulter gegen meine. »Ich kenne mich bloß mit Städtern aus. Schließlich haben wir in den Sommermonaten jede Menge davon zu Gast.«

Nun ja, mir kommt es dennoch so vor, als ob sie einen sechsten Sinn hätte. Aber vielleicht ist das bei echten Naturkindern ja normal. Was die holde Sandrina in ihrem mysteriösen Koffer transportiert, weiß Sünje allerdings nicht einfach so, und das beruhigt mich.

»In drei bis vier Stunden wird der Mond genau über dem Meer stehen und kurz darauf ratzfatz darin versinken«, erzählt sie mir nun.

»Um die Zeit liegen wir wahrscheinlich schon im Bett«, sage ich abwinkend.

»Stimmt«, meint Sünje. »Allerdings nicht drüben bei mir im Zimmer.«

»Sondern?«

Anstatt mir zu antworten, rutscht meine Cousine von unserem Strohballen herunter, legt sich der Länge nach auf den Bauch und versenkt ihren rechten Arm in einem der berüchtigten Rautenlöcher.

»Was machst du denn da?«, rufe ich entsetzt. »Pass auf, die Strohmäu…«

Just in dieser Sekunde schreit Sünje auf. Mit schmerzverzerrtem Gesicht starrt sie mich an.

»Leonie, hilf mir«, jault sie. »Bitte!«

Mein Herz fängt an zu rasen, und ich spüre, wie mir der Schweiß ausbricht. »Was … ähm, was … soll ich denn tun?«, hauche ich.

Mit zitternden Knien stehe ich neben Sünje und bemühe mich, mir blitzartig klar zu werden, ob ich den Weg zurück in den Stall und ins Wohnhaus auch allein finde.

»Du … musst … sie … töten«, stöhnt Sünje.

»Verdammte Hacke, wie soll ich das denn machen?«, stoße ich hervor.

Ich bin weder Gonne noch Finn oder Onkel Olaf, sondern bloß eine unwissende Städterin. Woher soll ich wissen, wie man eine Strohmaus umbringt?

»Nimm … die … alte Mistgabel«, jammert Sünje. »Sie muss irgendwo da … unter dem Fenster liegen.«

»Okay.«

Ich schlucke und nicke und habe das Gefühl, mich nicht bewegen zu können. Meine Beine, meine Arme – sie gehorchen mir einfach nicht.

»Aua!«, kreischt Sünje. »Auuua! Auuuouaaah!«

»Kannst du sie nicht einfach abschütteln?«, keuche ich.

»Nein, Leonie … nein, bitte.« Sünjes Geschrei ist in ein klägliches Wimmern übergegangen. »Es tut so wahnsinnig weh!«

Panisch lasse ich meinen Blick über den Boden gleiten.

Der Mistgabelstiel fällt mir sofort ins Auge.

Auch wenn mich bei dem Gedanken an das, was hier gleich passieren wird, der blanke Horror schüttelt: Ich darf mich nicht der Hoffnung hingeben, dass die Strohmaus von allein loslässt. Ich MUSS Sünje helfen!

Wild entschlossen ergreife ich den Holzstiel und umklammere ihn mit festem Griff. Dann drehe ich mich um, baue mich neben meiner Cousine auf und hebe den Stiel hoch über meinen Kopf.

»Ich … ziehe … jetzt … den Arm raus«, stöhnt Sünje.

Alles klar – und ich schlage zu.

Ich atme einmal tief durch, ignoriere das Zittern meiner Knie und konzentriere mich voll und ganz auf das Loch zwischen den Heuballen und Sünjes Arm, der nun – zuerst langsam – und dann mit einem plötzlichen Ruck zwischen den Rundballen zum Vorschein kommt.

Ich registriere das Graue an ihrer Hand und lasse den Holzstiel darauf niedersausen. Dabei schreie ich, als würde mir der Teufel höchstpersönlich im Nacken sitzen.

Dass das, worauf ich eindresche, selbst für eine große Maus VIEL zu groß ist, wird mir erst klar, als Sünje sich laut gackernd neben mir auf dem Boden wälzt.

»Mannomann, dich kann man ja leicht verarschen«, japst sie.

Augenblicklich halte ich inne. »Was?«

Mein Blick fällt auf die vermeintliche Strohmaus, die nicht einmal die Form eines Tieres hat, und dann auf das vor Lachen verzerrte Gesicht meiner Cousine.

»Na, warte!«

Ich werfe den Holzstiel zur Seite und stürze mich auf Sünje, setze mich auf ihren Bauch, packe ihre Arme und drücke sie rechts und links von ihrem Kopf zu Boden.

»Spinnst du eigentlich total!«, fahre ich sie an. »Das verzeihe ich dir nie!«

»Doch, tust du«, erwidert sie schmunzelnd. »Oder willst du in den nächsten Tagen etwa lieber mit Klarissa abhängen?«

»Nein«, sage ich. »Ganz bestimmt nicht.«

Meine Stuttgarter Cousine ist im Grunde so jemand wie die holde Sandrina in klein. Schade eigentlich, dass Onkel Lothars Flamme keine Kinder mag. Denn sie und Klarissa würden sich garantiert hervorragend verstehen.

»Aber mit dir ebenso wenig«, brumme ich, lasse Sünje los und rutsche von ihrem Bauch hinunter. »Jedenfalls nicht, wenn du noch weiter solche Spielchen mit mir treibst.«

Ich mache ja eine Menge mit, aber alles lasse ich mir nun echt nicht gefallen.

»Tut mir leid«, sagt Sünje zerknirscht und mit einem Mal sieht sie ganz ernst, ja fast schon ein wenig traurig aus.

»Was ist das überhaupt?«, frage ich und greife nach dem grauen Ding, das noch immer halb in dem Loch drinhängt.

»Eine Art Matratze«, antwortet Sünje und richtet sich auf. »Ich penne nämlich manchmal hier.« Ihr Gesichtsausdruck bekommt etwas Verschwörerisches. »Heimlich natürlich«, flüstert sie und ihre Augen beginnen zu leuchten. »Und genau das wollte ich dir gerade vorschlagen.«

»Was?«, hauche ich. »Dass wir heute Nacht hier auf dem Heuboden schlafen?« Ich tippe mir an die Stirn. »Das ist mir viel zu gruselig.«

»Jetzt sei doch nicht so ein Hasenfuß«, erwidert Sünje. »Was glaubst du wohl, wie viele Nächte ich schon allein hier oben verbracht habe! Es ist kein bisschen gruselig. Vielleicht haben wir sogar Glück und der Himmel reißt auf. Dann können wir dem Vollmond dabei zuschauen, wie er ins Meer fällt.«

Klar, denke ich, und dem Umherhuschen der Mäuse lauschen. Wirklich sehr romantisch! Das mit dem Hasenfuß hat allerdings gesessen. Eines muss ich ihr trotzdem lassen:

»Du bist eine ziemlich gute Schauspielerin.«

»Hmm.« Sünje grinst von einem Ohr zum anderen. »Das behaupten meine Brüder auch. Na ja, irgendwie muss man sich schließlich gegen drei Jungs behaupten.«

»Ich bin aber kein Junge«, entgegne ich. »Und ich möchte auch nicht, dass du mich noch einmal …«

»Keine Sorge, ich hab's kapiert«, fällt Sünje mir ins Wort, rollt diese komische dünne Matratze zusammen und stopft sie in das Loch zwischen den Rundballen zurück.

»Apropos Brüder«, sage ich. »Willst du nicht endlich mal nach Malte sehen?«

»Ach, du sch… schockgrüner Schimmelfloh!«, stößt sie hervor. »Den habe ich ja …«

»Völlig vergessen, was?«, knurre ich und bedenke sie mit einem Kopfschütteln.

»Ja, ja, ich weiß«, grummelt Sünje. »Ich bin eine Rabenschwester.«

Sie springt auf die Füße und ist so schnell die Leiter hinuntergestiegen und im Dunkel des Heubodens abgetaucht, dass ich mich mächtig sputen muss, um hinterherzukommen.

Und eine Rabencousine, füge ich im Stillen hinzu.

Vorweihnachtliche Geburt

Meine Hoffnung, Sünje könnte über den Schreck vergessen haben, dass sie durch die Bodenklappe in den Stall springen wollte, erweist sich leider als vergeblich. Ehe ich michs versehe, ist sie bereits verschwunden. Drei Sekunden später schallt Kowalskys freudiges Gebell zu mir herauf.

Offenbar weiß er, dass Sünje den Heuboden immer auf diesem Weg verlässt. – Schöner Mist! Was mache ich jetzt bloß? Mich ebenfalls in die Tiefe stürzen oder dem Hasenfuß die Ehre erweisen?

Langsam nähere ich mich der Klappe.

»Jetzt reiß dich mal zusammen, Leonie«, spreche ich mir selber Mut zu. »Du bist doch kein Feigling.«

Ich beuge mich vor und vergewissere mich mit einem vorsichtigen Blick, dass Sünje nicht mehr in der Heubox ist, dann schalte ich mein Gehirn aus – und springe.

»Aaaah«, schreie ich, und bevor ich den nächsten Atemzug tun kann, bin ich bereits im Heu gelandet. Es ist dicht und weich und wunderbar duftig.

»Möööh! Mööhöhöhöööh!«, blöken die Schafe empört.

»Keine Angst, ich fresse euch schon nichts weg«, versichere ich ihnen und rolle mich auf den Rücken. Eine Wolke aus winzigen Spänen tanzt durch die Luft. Die Lukenöffnung scheint mir mindestens hundert Meter entfernt zu sein. Wow! Was bin ich nur für ein Tausendsassa! Selig breite ich die Arme aus und lache lauthals los.

Doch leider dauert mein Hochgefühl nicht lange an. Denn im nächsten Moment dringt Sünjes verzweifeltes Geschrei in meine Ohren.

»Malte! Malteee! Wo bist du?«

In null Komma nix bin ich auf den Beinen. Da die Box nur eine Öffnung hat, gibt es für mich auch nur einen Weg hinaus.

Skandiert von zornigen »Mööööh!«-Rufen sause ich einen Gang entlang, umrunde eine Schubkarre und schon finde ich mich im Eingangsbereich wieder.

»Sünje?«, rufe ich. »Wo bist du? Was ist mit Mal…«

Die zweite Silbe bleibt mir im Hals stecken, denn in dieser Sekunde kommt Kowalsky durchs Tor hereingeschossen und kurz darauf werde ich fast von meiner Cousine umgerannt.

»Schrei noch lauter!«, fährt sie mich an. »Dann läuft nämlich garantiert innerhalb weniger Minuten meine ganze Familie hier auf.«

»Wieso? Du hast hier doch eben selber rumgebrüllt«, gebe ich erbost zurück. »Außerdem ist es ja wohl wichtiger, dass deinem Bruder nichts passiert ist, als Ärger mit Gonne oder deinen Eltern zu riskieren.«

»Ja, ja«, stöhnt Sünje. »Draußen ist er übrigens nicht«,

erklärt sie, während ihr Blick von einer Schafbox zur nächsten gleitet.

Aha. »Und was macht dich da so sicher?«, frage ich.

»Keine Spuren«, entgegnet sie knapp. »Außer denen, die wir vorhin im Schnee hinterlassen haben. Malte muss hier irgendwo im Stall sein. Wahrscheinlich ist er in unsere Schuhabdrücke getreten und denkt, dass wir das nicht checken«, setzt sie hinzu.

»Ganz schön schlau«, sage ich. »Für einen Vierjährigen.«

»Von wegen schlau«, knurrt Sünje leise. »Der kriegt gleich eins hinter die Löffel, damit er so etwas bloß nicht wieder versucht.«

»Erst mal müssen wir ihn finden«, erwidere ich und haste neben meiner Cousine her.

Suchend wandert mein Blick von Box zu Box und plötzlich fällt mir etwas leuchtend Rotes ins Auge.

Im selben Moment mache ich eine Vollbremsung.

Sünje bleibt ebenfalls stehen. »Was ist?«

»Ich glaube, ich habe ihn gesehen«, zische ich.

»Wo?«, formt sie mit den Lippen, woraufhin ich in die Box zeige, in der ich Maltes rote Mütze bemerkt zu haben glaube.

Sünje weitet die Augen, presst einen Finger gegen ihre Lippen und sieht mich mahnend an. Dann bedeutet sie mir, ihr in die Box zu folgen. Wenn ich sie richtig verstanden habe, will sie, dass wir Malte von zwei Seiten in die Zange nehmen.

»Okay«, sage ich lautlos und nicke ihr zu.

In einem Abstand von knapp drei Metern stützen wir uns auf der obersten Holzstrebe ab und schwingen unsere Beine darüber.

Ein warmes Duftgemisch aus Heu, Wolle und Mist schlägt mir entgegen. Es befinden sich ungefähr zehn Schafe in der Box, die mich teils neugierig, teils erbost anstarren. Ein hellbraunes Tier mit dunklen Beinen stampft sogar mehrmals mit dem Huf auf und sofort macht sich ein mulmiges Gefühl in mir breit.

Bisher habe ich Schafe eigentlich für freundliche und eher behäbige Tiere gehalten, nun bin ich mir da allerdings nicht mehr so sicher. Womöglich stoßen sie mich um oder drücken mich mit ihren kantigen Köpfen gegen die hintere geschlossene Boxenwand. Bei dieser Vorstellung bricht mir der kalte Angstschweiß aus. Mit zitternden Händen kralle ich mich an der Strebe fest und hebe meine Füße an.

Ich gebe mir zwar die größte Mühe, mir einzureden, dass Schafe viel zu doof sind, um einen Menschen anzugreifen, und dass sie Malte schließlich auch nichts getan haben. Doch ich kriege es einfach nicht hin, die Box zu betreten. Es ist, als wäre mein Hintern mit der Strebe verwachsen.

Zum Glück beachtet Sünje mich nicht weiter, sondern gleitet sofort zu Boden und taucht dann zwischen den Schafen ab.

Ein aufgeregtes »Möööh-Möh-Böhöööh!« ertönt. Die Schafe laufen unruhig umeinander.

Pass auf!, will ich schon rufen und bin froh, dass ich es

mir verkneife, denn im nächsten Moment höre ich zwischen all dem Gestampfe, Geblöke und Geraschel Maltes fröhliche Stimme:

»Die Lisa kriegt ein Lamm.«

»Logisch«, gibt Sünje ungeduldig zurück. »Alle Schafe kriegen bald ihre Lämmer. Und jetzt gib mir deine Hand!«

»Nein, nein, nein!«, kräht Malte. »Die Lisa kriegt es gleich sofort.«

»Unsinn«, knurrt Sünje. »Die ersten Lämmer kommen frühestens im Januar zur Welt. Das war schon immer so, selbst als wir noch nicht auf Hilsum gewohnt haben. Ich weiß, dass die Lisa dein Lieblingsschaf ist. Das heißt aber noch lange nicht, dass sie diesmal als Erste dran ist.«

»Ist sie wohl!«, erwidert Malte aufgeregt. »Guck doch selber!«

Danach ist es eine Weile still.

Und mit einem Mal überwiegt meine Neugier.

Ich lasse meine Füße sinken und neige mich ein wenig zur Seite, in der Hoffnung, so einen Blick auf Sünje und Malte erhaschen zu können. Doch außer den dicken wolligen Tierkörpern und unzähligen dünnen Schafbeinen ist nichts zu erkennen. Selbst Maltes rote Mütze blitzt nirgends hervor. Als ob die beiden sich in Luft aufgelöst hätten!

»Was ist denn los?«, rufe ich. »Wo seid ihr?«

»Scheiße«, sagt Sünje.

Es klingt nicht gut.

»Braucht ihr Hilfe?«, frage ich.

»Jaaah!«, kommt es ein wenig panisch zurück. »Bitte, hol schnell meinen Vater.«

»Okay!«

Hastig ziehe ich meine Beine aus der Box und klettere wieder auf den Gang.

»Beeil dich!«, brüllt Sünje und ich sause los.

An diesem Tag fällt das Abendessen aus. Onkel Olaf ist sofort in Richtung Stall gerannt und außer Anna-Sophia, Gonne, Onkel Lothar und seiner holden Sandrina wollen auch alle Übrigen die Geburt des Lämmchens miterleben. Sogar Oma Grizabella besteht darauf, in warme Decken gehüllt und von Papa in ihrem Rollstuhl hinübergeschoben zu werden.

»Diese ungewöhnliche vorweihnachtliche Geburt lasse ich mir doch nicht entgehen«, erklärt sie uns.

»Mutter, du übertreibst mal wieder«, weist Onkel Lothar sie kopfschüttelnd zurecht. »Die Geburt eines Lamms kann man ja wohl kaum mit der eines Kindes vergleichen. Und ein religiöses Ereignis ist so etwas schon gar nicht.«

»Das habe ich auch nicht behauptet«, gibt meine Großmutter zurück, schnappt sich die Mütze, die Mama ihr hinhält, und streift sie sich über den Kopf. »Es wäre wirklich schön, wenn du auch nur ein einziges Mal richtig zuhören würdest.«

»Was willst du denn damit schon wieder sagen?«, entgegnet Onkel Lothar.

»Genau das«, bekräftigt Oma Grizabella. »Im Gegensatz zu dir pflege ich nämlich nicht in Rätseln zu sprechen.«

»Pff«, macht Onkel Lothar und tauscht einen empörten Blick mit seiner holden Sandrina.

»Immer diese Streitereien«, meint die pikiert. »Mich interessiert im Augenblick ohnehin viel mehr, wie deine Schwester sich das mit dem Essen vorgestellt hat. Was mich betrifft, möchte ich nämlich keinesfalls nach achtzehn Uhr noch eine Mahlzeit zu mir nehmen.«

»Tja ... also, unserer guten alten Lisa dürften unsere Bedürfnisse im Moment ziemlich egal sein«, sagt Tante Ulla unschlüssig. »Das Beste wird also sein, wenn du dir einfach rasch selber etwas zubereitest. Küche und Vorratskammer stehen dir zur freien Verfügung. Nimm dir einfach, wonach dir ist. Ich muss jetzt Olaf zur Seite stehen. Möglicherweise braucht er meine Hilfe. Außerdem möchte ich die Geburt unseres ersten Lämmchens nur ungern verpassen.«

Onkel Lothar schnappt geräuschvoll nach Luft.

»Entschuldige bitte, Ursula«, erwidert er scharf, »aber wir sind deine Gäste. Ich hätte wirklich nicht gedacht, dass ich dich daran erinnern muss.«

Tante Ulla starrt ihn an. Einen Moment lang scheint es ihr die Sprache verschlagen zu haben.

»Wenn ich mich recht erinnere, ist dieses weihnachtliche Familientreffen deine Idee gewesen«, presst sie schließlich hervor. »Es hier bei uns auf Hilsum stattfinden zu lassen, war ebenfalls dein Vorschlag.«

»Ja, und du bist nicht nur einverstanden, sondern geradezu begeistert davon gewesen«, betont Onkel Lothar.

»Das ist so nicht ganz richtig«, entgegnet Tante Ulla. »Und das weißt du auch. Aber lass uns später darüber reden.«

»Ganz deiner Meinung«, pflichtet Oma Grizabella ihr bei und wedelt mit beiden Händen in Richtung Ausgang. »Allezhopp, ihr Lieben.«

»Mama zuerst«, sagt Sünje und öffnet schwungvoll die Tür.

Tante Ulla stürzt sofort hinaus und verschwindet in Richtung Stall, und Sünje hält die Tür weiter auf, damit Papa den Rollstuhl ungehindert ins Freie schieben kann. Mama schließt ihre Jacke und folgt ihm. Als Finn und Ludvig ebenfalls hindurchschlüpfen wollen, lässt meine Cousine den Knauf los, packt mich am Jackenärmel und zerrt mich hinter sich her. »Renn, so schnell du kannst!«

»Warum?«, keuche ich.

»Frag nicht. Lauf!«

Sünje lässt mich los und rast an meinen Eltern und Oma Grizabella vorbei. Ich habe ziemliche Mühe, mit ihr Schritt zu halten, folge ihr aber, ohne groß nachzudenken. Hinter mir ertönen die stampfenden Schritte der beiden Jungen und das spornt mich zusätzlich an.

»Kinder, passt auf, dass ihr auf dem glatten Schnee nicht hinfallt!«, höre ich Oma Grizabella rufen, im selben Augenblick rutscht mir tatsächlich ein Fuß weg. Ich gerate ins Straucheln, fange mich jedoch zum Glück gleich wieder und laufe unbeirrt weiter.

Ein paar Meter vor mir taucht Sünje in den Stall ab. Ich haste ihr nach und flitze beinahe in sie hinein, weil sie gleich neben der ersten Schafbox haltgemacht hat und auf mich wartet.

»Wir können nicht alle zusehen«, erklärt sie mir, während sie mich weiterzieht. »Lisa ist sowieso schon total nervös.«

»Logisch«, schnaufe ich.

»Überhaupt nicht«, widerspricht Sünje. »Was das Gebären angeht, ist sie nämlich ein alter Hase. Lisa bringt so schnell nichts aus der Ruhe. Aber diesmal liegt das Lamm verkehrt rum.«

»Und was …?«

Mehr bekomme ich nicht heraus. Erstens bin ich viel zu sehr aus der Puste, und zweitens weiß ich nicht, welche der vielen Fragen, die mir gerade durch den Kopf sausen, ich zuerst stellen soll. Inzwischen bin ich mir auch gar nicht mehr sicher, ob ich überhaupt noch zusehen will, aber irgendwie fehlt mir die Kraft, eine Entscheidung zu treffen.

Und dann sind wir auch schon da.

Onkel Olaf hat Lisa in eine kleine Einzelbox gebracht, die dick mit Stroh ausgelegt ist. Das Mutterschaf klemmt mit dem Vorderleib in einer Art Vorrichtung, sodass es sich kaum noch bewegen kann. Seine Augen sind weit aufgerissen, im Gegensatz zu ihren Artgenossen, die aufgeregt blöken, gibt es keinen Laut von sich.

Tante Ulla steht neben Lisa, streicht ihr über die glatte Stirn und redet leise auf sie ein, während Onkel Olaf sich über das Hinterteil des Schafes beugt.

Als er Sünje und mich bemerkt, richtet er sich sofort auf.

»Ihr bleibt bitte alle draußen«, sagt er ernst.

Sünje schluckt und nickt.

Mein Blick fällt auf Malte, der in einer Ecke im Stroh kniet und die Hände in seinem Schoß gefaltet hat.

»Bitte. Bitte. Bitte«, murmelt er.

»Bleib du hier«, raunt Sünje mir zu. »Ich sag den anderen Bescheid.«

»Was?«, frage ich, aber da ist sie bereits fortgehuscht.

Kurz darauf erscheinen Finn und Ludvig. Langsam nähern sie sich der Box.

Ludvig schlägt seine Kapuze zurück und schüttelt sein Haar aus. Es ist dunkelbraun und reicht ihm bis fast auf die Schultern. Ich vermeide es, ihn direkt anzusehen, und hoffe insgeheim, dass er sich neben mich stellt, doch dann ist leider Finn als Erster bei mir.

»Hoffentlich übersteht sie es«, flüstert er.

»Wie meinst du das?«, frage ich erschrocken, woraufhin Finn in einer unmissverständlichen Geste die Handkante über seine Kehle fahren lässt.

»Auf dem Festland haben wir im Notfall immer den Tierarzt gerufen«, raunt er. »Hier muss Papa das allein hinkriegen.«

»Das schafft er schon«, meint Ludvig zuversichtlich.

Ich bin so überrascht, ihn plötzlich sprechen zu hören, dass ich für eine Sekunde die Kontrolle verliere. Mein Blick fliegt regelrecht auf ihn. Gott sei Dank scheint er es aber nicht bemerkt zu haben.

»Dein Vater ist die perfekte Schafhebamme«, flüstert er Finn zu und stupst ihn gegen die Schulter.

»Das stimmt nicht, deine Tante kann es noch viel besser«, wispert Finn und seufzt. »Ich wünschte, sie wäre hier.«

»Ach, Quatsch«, erwidert Ludvig und reckt seine Hände vor. »Los, jetzt!«, zischt er. »Mund halten und Daumen drücken!»

Wie ein eingespieltes Team schließen er, Finn und ich unsere Finger gleichzeitig um die Daumen.

Mein Herz klopft wie verrückt, und am liebsten würde ich mich umdrehen und wegschauen, doch irgendetwas tief in mir hindert mich daran und lässt mich wie gebannt auf das Unglaubliche starren, was hier nun direkt vor meinen Augen in der kleinen Schafbox passiert.

Onkel Olaf hat sich inzwischen dünne weiße Plastikhandschuhe übergestreift, die ihm fast bis zu den Ellenbogen reichen.

»Auf geht's«, sagt er und nickt Tante Ulla zu, die ihm ein ermunterndes Lächeln schenkt.

»Was nun kommt, ist nix für schwache Nerven«, orakelt Finn leise in mein Ohr.

»Klappe!«, brummt Sünje und zwängt sich zwischen uns. »Lass Leonie bloß in Ruhe.«

»Schon gut«, murmele ich. »Er hat mir ja nichts getan.«

Trotzdem bin ich froh, meine Cousine wieder an meiner Seite zu haben. Die Strohmaus-Geschichte von vorhin ist bereits so gut wie vergessen. In gewisser Weise bewundere ich Sünje dafür, dass sie so wild und unerschrocken ist. Ein bisschen wäre ich gerne so wie sie.

»Schau hin«, sagt sie und deutet auf ihren Vater. »Oder mach Platz für Oma Grizabella.«

»Keine Sorge, Sünchen, ich sitze hier sehr gut«, ertönt die gedämpfte Stimme meiner Großmutter hinter mir. »Und ich habe volles Vertrauen in deinen Vater.«

»Ich auch«, erwidert Sünje.

Danach sagt eine ganze Weile niemand mehr was. Nur das beruhigende Gemurmel, das Tante Ulla in Lisas Ohr flüstert, ist noch zu hören.

Halb fasziniert, halb angeekelt halte ich meinen Blick auf Onkel Olaf gerichtet. Er greift mit der linken Hand fest in Lisas Fell, während er eine Paste auf ihren Hintern schmiert und dann seine rechte Hand langsam in sie hineinschiebt. Lisa verdreht die Augen und blökt laut auf. Es klingt wie ein Verzweiflungsschrei und plötzlich tut sie mir schrecklich leid.

Aber auch für Onkel Olaf scheint das Ganze eine unglaublich anstrengende Angelegenheit zu sein. Sein Gesicht ist knallrot angelaufen und auf seiner Stirn haben sich kleine Schweißperlen gebildet. Während er seinen Arm mal in diese und mal in jene Richtung bewegt, wirkt er so konzentriert, als würde er über einer hoch komplizierten Matheaufgabe brüten.

Plötzlich verändert sich seine Miene.

»Das war's«, sagt er, und ich denke schon, dass es jetzt mit Lisa und ihrem Lamm aus und vorbei ist, doch dann sehe ich, wie Onkel Olaf seine Hand behutsam wieder hervorzieht und zwei dünne grauweiße Beinchen mit winzigen Hufen daran zum Vorschein kommen. Und nun geht alles ganz schnell.

Innerhalb von wenigen Sekunden gleitet ein kleines klatschnasses Lämmchen aus Lisas Körper und landet mit Onkel Olafs Hilfe sanft im Stroh. Er zieht es ein Stück zur Seite und entlässt Lisa aus dem Haltegestänge. Sie blökt und läuft nervös hin und her.

»Na los«, wispere ich. »Kümmer dich mal um dein Junges!«

»Das wird sie schon noch tun«, sagt Sünje. »Schließlich ist es nicht das erste Lamm, das sie zur Welt bringt.«

»Na ja …« Finn wiegt seinen Kopf hin und her. »Besonders kräftig sieht es allerdings nicht aus.«

»Oje … und was bedeutet das?«, frage ich erschrocken.

»Dass Lisa es vielleicht nicht annehmen wird, weil sie glaubt, dass es nicht überleben kann«, erklärt Sünje mir. »In dem Fall müssten wir es mit der Flasche aufziehen.«

»*Lebt* es denn überhaupt?«, frage ich und betrachte skeptisch den nassen Lammkörper, der vollkommen reglos im Stroh liegt.

»Klar«, gibt Finn postwendend zurück. »Das sieht man doch.«

»Ich nicht«, sage ich seufzend. »Du könntest mir auch erzählen, dass es ein Putzlappen ist, ich würde es glauben.«

»Garantiert«, ruft Sünje kichernd aus und stupst ihre Hüfte gegen meine.

Logisch denkt auch sie gleich an die Sache mit der

Strohmaus. Wenn sie allerdings glaubt, dass ich mir einen Bären nach dem anderen aufbinden lasse, hat sie sich geschnitten.

Onkel Olaf ist inzwischen neben dem Lamm in die Hocke gegangen und reibt es vorsichtig mit Stroh ab.

»Na, komm schon her, Lisa«, sagt er leise, »und schau dir dein hübsches kleines Mädchen an.«

»Quatsch, Mädchen!«, brummt Finn. »Ich will, dass es ein Weihnachtsbock ist.«

»Tut mir leid, mein Sohn«, erwidert Onkel Olaf. »Aber damit können wir dir nicht dienen.«

»Außerdem soll Lisa ihr Kind akzeptieren und nicht du«, kommt es von Oma Grizabella.

»Ja, ja«, grummelt Finn. »Lock sie doch mal mit den Küddeln«, fordert er seinen Vater auf.

»Kötel?«, frage ich irritiert.

Als ich das breite Grinsen in Finns und Ludvigs Gesichtern bemerke, wünsche ich sofort, ich hätte es nicht getan. Und als Sünje dann auch noch sagt: »Klar, Kötel, was sonst?«, würde ich mich am liebsten auf der Stelle in Luft auflösen.

Doch zum Glück richtet sich alle Aufmerksamkeit wieder auf Onkel Olaf, der nun in einen schwarzen Eimer greift und eine Handvoll kleiner brauner Leckerli herausholt, die man auch in Tierparks zum Ziegenfüttern kaufen kann.

»Komm her, meine Gute«, lockt er und streckt Lisa seine offene Hand entgegen. »Das hast du dir jetzt redlich verdient.«

»Kraftfutter«, kommentiert Sünje knapp. »Die Schafe lieben es. Meistens reagieren sie schon, wenn sie bloß das Klackern im Eimer hören.«

Und tatsächlich reckt Lisa auch sofort neugierig ihren Kopf und leckt an Onkel Olafs Fingern. Geduldig lässt er sie ein paar der Leckerlis fressen, dann zieht er seine Hand langsam zurück und hält sie nun direkt über das Lamm. Und plötzlich hat Lisa kein Interesse mehr an dem begehrten Kraftfutter.

Sie beschnuppert ihr Neugeborenes, stupst es an und fährt ihm mit der Zunge über die Nase.

Und endlich rührt es sich. Es hebt seinen Kopf an und zappelt mit den dünnen Beinchen.

»Wie süüüß!«, platzt es aus mir heraus. – Oh, Mann! Das ist ja mal wieder typisch Mädchen! Peinlich berührt beiße ich mir auf die Unterlippe.

»Warte mal ab, wenn es erst anfängt zu laufen«, erwidert Finn. »Dann sind die Lämmer richtig, richtig süß.«

»Echt?«, sage ich und atme erleichtert aus.

Offenbar habe ich mir vor den Jungs doch keine Blöße gegeben. Dabei könnte es mir eigentlich total egal sein, was sie von mir denken. Finn ist mein jüngerer Cousin und Ludvig kenne ich überhaupt nicht. Außerdem werde ich ihn vermutlich ohnehin nie wiedersehen, so selten, wie unsere Familien einander besuchen.

Das Lamm macht mehrere Versuche, um auf die Beine zu kommen, und als es ihm schließlich gelingt, kneift Oma Grizabella mich sanft in den Po.

»Ist es nicht einfach wunderbar?«, fragt sie, als ich

empört zu ihr herumfahre. »So ein kleines neues Leben?«

Ihre Augen strahlen wie zwei Sterne am Winterhimmel, sodass ich ihr einfach nicht böse sein kann. Sie fasst mich an der Jacke und zieht mich zu sich herab.

»Tut mir leid«, flüstert sie mir ins Ohr. »Aber von meiner Position aus blieb mir gar nichts anderes übrig.«

»Schon okay«, sage ich.

Unbeabsichtigt fällt mein Blick wieder auf Ludvig, und ich bemerke, wie er sich ruckartig abwendet. Hilfe!, durchzuckt es mich und das Herz springt mir bis fast zur Kehle hinauf. Starrt der mich etwa die ganze Zeit an?

Oma Grizabella zwinkert mir zu und prompt schießt mir die Hitze ins Gesicht. – Ein Kühlkissen oder besser noch eine große Plastiktüte voller Eiswürfel könnten mir jetzt äußerst hilfreich sein. Da es so etwas in einem Schafstall aber nicht gibt, bleibt mir nichts anderes übrig, als mich umzudrehen, den Hals einzuziehen und einen möglichst großen Teil meines Kopfes hinter meinem Schal verschwinden zu lassen.

»Nanu! Frierst du etwa?«, fragt Sünje erstaunt.

Ich tue so, als würde mein Körper von einem Kälteschauer geschüttelt, nicke eifrig und richte meine Augen dabei stur auf Lisa und ihr Lamm.

Das Kleine stakst ziemlich unbeholfen umher, fällt um und rappelt sich sofort wieder auf. Unterdessen drückt Onkel Olaf ein wenig Vormilch aus Lisas Euter und schmiert sie dem Lämmchen ins Maul. Sofort schießt seine kleine rosa Zunge schleckend hervor.

Lisa blökt leise und stupst ihr Junges abermals an. Und das begibt sich nun zaghaft und mit wackelndem Kopf auf die Suche nach den Zitzen, nimmt allerdings zunächst nur Lisas Maul und ihr Hinterteil ins Visier.

Sünje seufzt leise und Finn stöhnt: »Mann, ist das doof.«

Ich befürchte ebenfalls, dass es niemals klappen wird, und wundere mich, wieso Onkel Olaf nicht eingreift. Ich an seiner Stelle würde mir das Lämmchen schnappen und direkt unter das Euter stellen. Doch er guckt einfach nur zu und macht dabei sogar einen höchst zufriedenen Eindruck.

»Wunderbar«, sagt Tante Ulla. »Nun warten wir mal ab, ob Lisa ihr zweites Lamm ohne Hilfe zur Welt bringen kann.«

»Da kommt noch eins?«, rufe ich.

»Klar«, meint Sünje grinsend. »Schafe bekommen selten nur ein Junges. Meistens sind es Zwillinge, manchmal sogar Drillinge.«

»Das Problem bei dieser Geburt war, dass Lisas Lämmer beide gleichzeitig herauswollten«, setzt Tante Ulla hinzu. »Sie lagen genau nebeneinander und jedes hatte eins seiner Vorderbeine angewinkelt und das andere ausgestreckt. Olaf musste also erst mal herausfinden, welches Bein zu welchem Tier gehört, und dann eins in Lisas Bauch zurückdrücken, damit sie nacheinander geboren werden können. Allein hätte Lisa das nie geschafft. Doch zum Glück hat unser Malte es ja rechtzeitig bemerkt«, sagt sie und wuselt ihrem Sohn liebevoll durch die Haare. »Und deshalb darf er auch einen Namen für die beiden Lämmer aussuchen.«

»Toll«, brummt Sünje. »Als ob Leonie und ich überhaupt nichts dazu beigetragen hätten!«

»Das da soll Lädigaga heißen«, verkündet Malte und deutet auf den staksigen Mädchenzwilling, der das Euter seiner Mutter endlich gefunden hat und nun zaghaft daran saugt. »Und Sünje und Leonie dürfen dann dem anderen Lamm einen Namen geben«, erklärt er großzügig.

»Na gut.« Sünje grunzt zufrieden. »Kann ja nicht mehr lange dauern.«

Wie auch immer, ich für meinen Teil habe vorläufig genug von Tiergeburten. – Ich brauch jetzt erst mal frische Luft.

Unter einer Bedingung

Meine Schwester kriege ich den ganzen Abend nicht mehr zu Gesicht. Und da Gonne ebenfalls verschwunden bleibt, schließe ich daraus, dass die beiden in seinem Zimmer zusammenhocken – und dort wer weiß was machen. Abgesehen von mir scheint sich allerdings niemand daran zu stören, und so schiebe ich die unappetitlichen Bilder, die sich auf meiner inneren Mattscheibe festsetzen wollen, entschieden zur Seite. Wenn Cousin und Cousine sich ineinander verlieben, ist das nicht mein Problem. Meine Schwester ist alt genug, sie wird schon wissen, was sie tut.

Auch Onkel Lothar und seine holde Sandrina sind nicht aufzufinden, dafür herrscht in der Küche ein ziemliches Durcheinander. Auf der Suche nach etwas Essbarem haben die beiden sämtliche Schranktüren geöffnet, alles Mögliche herausgeholt und nicht wieder weggeräumt.

Das Brot liegt angeschnitten auf einem großen Holzbrett, gleich daneben befindet sich das Papier, in das es offenbar eingewickelt war. Butter- und Wurstdosen stehen offen herum, Teebeutel, Apfelschalen und Tomatengrün sind kreuz und quer auf der Anrichte verstreut.

»Onkel Lothar ist ein Schwein«, stellt Finn nüchtern fest. »Das können ja sogar wir besser.«

»Stimmt«, bestätigt Sünje, sammelt die Teebeutel ein und stellt die Packung in einen hohen Schrank, in dem sich lauter Vorräte befinden. »Gut, dass Mama noch im Bad ist und dieses Chaos nicht sieht«, setzt sie hinzu, während sie mit sicherer Hand ein paar Brotscheiben abschneidet. »Sie hat sich nämlich schon genug geärgert.«

Ich sammle Tomatengrün und Apfelschalen ein, und Finn zeigt mir, wo der Komposteimer steht.

»Kann ich mir vorstellen«, sage ich. »Meine Eltern haben sich auch darüber gewundert, dass unser Familientreffen nicht in Onkel Lothars Hamburger Villa stattfindet. Für Oma Grizabella wäre das doch sehr viel bequemer gewesen.«

»Redet ihr etwa über mich?«, ertönt die Stimme unserer Großmutter von der Türschwelle.

Als hätte man uns bei etwas Verbotenem ertappt, wirbeln Sünje, Finn und ich herum.

»Ja, ähm … also …«, stammele ich.

»Bevor du dir irgendeine Schwindelgeschichte ausdenkst …«, sagt meine Großmutter gedehnt, »lass es lieber! Ich habe alles mit angehört.«

»Oh«, stoßen Sünje und ich wie aus einem Munde hervor und Finn platzt heraus: »Du bist also eine Lauscherin!«

»Ja, die bin ich«, gibt Oma Grizabella unumwunden zu. »Aber, schsch!«, mahnt sie und presst einen Finger gegen ihre Lippen. »Verratet es bloß nicht den Erwachsenen.«

»Höhö.« Finn tippt sich an die Stirn. »Du bist doch selber eine.«

»Irrtum«, gibt meine Großmutter zurück. Sie kommt nun ganz in die Küche gerollt und drückt die Tür hinter sich ins Schloss. »Zugegeben, ich war es mal. Aber das ist lange her.«

»Quatsch«, brummt Finn. »Wenn man erst mal erwachsen ist, kann man es doch nicht wieder rückgängig machen.«

Oma Grizabella wiegt ihren Kopf hin und her. »Ja, mein Junge, das habe ich auch geglaubt. Allerdings hat man mich inzwischen eines Besseren belehrt. Ich nehme an, es hat mit meinem Motorrad zu tun«, brummt sie und klopft auf die Armlehnen ihres Rollstuhls. »Eines Tages haben die Hauptdarsteller des Theaterstücks mich einfach von der Bühne gekickt.«

»Ts! Gekickt!« Finn hat es offenbar noch immer nicht begriffen. »Du bist doch kein Fußball!«

»Allerdings nicht.«

Meine Großmutter schaut von Finn zu Sünje und schließlich zu mir. Ihre Miene ist unergründlich, fast ein bisschen traurig.

Ich kann sie kaum ansehen, denn im Gegensatz zu meinem Cousin verstehe ich sehr genau, was sie damit meint, und deshalb verursacht ihr Blick mir einen feinen Stich im Herzen.

Plötzlich klatscht sie in die Hände und ruft: »Ach, Kinder! Jetzt ist aber Schluss mit den ernsten Themen! Immerhin sind heute zwei niedliche gesunde Lämmchen zur Welt gekommen. Da wollen wir doch kein Trübsal blasen, nicht wahr?«

»Nee«, sagt Finn. »Besser, wir räumen auf, bevor Mama fertig geduscht hat.«

»Recht hast du«, pflichtet Oma Grizabella ihm bei. »Deine Mutter hatte heute wahrlich genug um die Ohren. Eigentlich hätte Lothar seine Hausangestellte mitbringen müssen. Stattdessen lassen er und Sandrina sich von Ulla und Olaf bedienen. Tja, aber das ist meine Schuld«, murmelt sie, während sie ihren Rollstuhl auf den Kühlschrank zusteuert. »Ganz allein meine.«

»Hä?«, fragt Sünje. »Wieso das denn?«

»Weil *ich* diesen Bengel verzogen habe«, erwidert meine Großmutter. »Immerhin ist er mein Erstgeborener und da will man es schließlich ganz besonders gut machen, nicht wahr?« Sie öffnet den Kühlschrank, nimmt die Aufschnittdosen heraus und schleudert sie mit einem energischen Schwung auf die Anrichte.

Finn und ich zucken hilflos mit den Schultern.

»Das hab ich gerade erst alles weggeräumt«, sagt Sünje.

»Und ich habe *gerade* beschlossen, Brote zu schmieren«, entgegnet Oma Grizabella. »Und zwar für die ganze Mannschaft.«

Als Tante Ulla und Onkel Olaf frisch geduscht und umgezogen an der langen Tafel im Esszimmer erscheinen, ist bereits alles fix und fertig gedeckt.

Oma Grizabella, Sünje, Finn und ich haben einen ganzen Berg Schnitten bereitet. Mama ist später noch dazugekommen, um Gurken und Möhren zu schälen und in mundgerechte Stücke zu schneiden. Unterdessen hat Papa sich um Geschirr und Besteck gekümmert und die Kerzen und Teelichte angezündet. Diesmal erfüllt ein feiner Lebkuchenduft, der aus der Pfeife eines hölzernen Räuchermännchens aufsteigt, den Raum.

Malte, der vor Müdigkeit ganz rote Wangen und matte Augen hat, sitzt auf Onkel Olafs Schoß und plappert ununterbrochen davon, dass er sich vom Weihnachtsmann einen Schlitten mit Anhänger wünscht, in dem er Lädigaga und ihren kleinen, bisher noch namenlosen Bruder herumkutschieren kann.

»Und wer zieht den Schlitten?«, nuschelt Finn zwischen zwei Bissen Salamibrot.

»Du machst das«, bestimmt Malte. »Mit Ludvig.«

Finn zeigt ihm einen Vogel, Ludvig aber meint: »Klar doch.«

»Mann, das ist *mein* Bruder!«, knurrt Finn.

»Logisch«, erwidert Ludvig. »Und in unserem Land herrscht freier Wille. Außerdem: Noch hat er ja keinen Schlitten.«

»Krieg ich aber«, sagt Malte. »Oder, Papa?«

»Woher soll ich das wissen?«, gibt Onkel Olaf zurück. »Schließlich bin ich nicht der Weihnachtsmann.«

»Doch, das bist du«, kichert Malte und zupft an Onkel Olafs Bart.

»Der ist bestimmt nicht lang genug«, entgegnet Papa.

»Dann brauchst du eben noch ein bisschen Schnellwachstrank«, sagt Malte, greift nach der kleinen Bierflasche mit dem Bügelverschluss, die neben Onkel Olafs Brotbrett steht, und hält sie seinem Vater unter die Nase. »Hier! Davon musst du heute zehn Stück austrinken.«

»Weißt du was, mein Süßer …?« Tante Ulla langt über den Tisch und streichelt ihrem Vierjährigen über die Wange. »Ich glaube, du bist reif für die Koje.«

»Neiiin!«, zetert Malte sofort los. Er zappelt mit Armen und Beinen und fuchtelt dabei die angebissene Schnitte und ein Stück Möhre von seinem Teller auf den Boden. »Ich muss noch aufessen.«

»Lecker«, meint Sünje grinsend.

»Ich weiß gar nicht, was du hast«, erwidert Tante Ulla und zwinkert meiner Mutter zu. »Der Fußboden war noch nie so sauber.«

»Oh ja«, murmele ich. »Ich freu mich schon.«

»Worauf?«, fragt Papa mit einer gewissen Schärfe in der Stimme.

»Auf Klarissa natürlich«, antwortet Sünje für mich, wofür sie sich von Tante Ulla einen finsteren Blick einfängt.

»Ihr werdet euch vertragen.«

»Klar«, sagt Sünje. »So wie ihr.«

»Ganz genau«, betont Onkel Olaf. »Immerhin sind wir eine Familie. Und Weihnachten ist ja nicht alle Tage.« Er nickt zuversichtlich in die Runde. »Bestimmt werden wir eine schöne Zeit haben.« Sein Blick stoppt bei Oma Grizabella.

Sünje seufzt leise. »Na, sicher.«

»Du hast es mir versprochen«, mahnt Tante Ulla, die sich von ihrem Stuhl erhoben hat und Maltes Essensreste vom Boden aufsammelt.

Sünje nickt.

Ich sehe sie an, doch sie schaut auf den Tisch.

»Gonne hat sich schließlich auch verdrückt«, lamentiert Finn. »Und ich …«

»Dein Bruder wird sich ab morgen ebenso intensiv um Kai kümmern wie heute um Anna-Sophia«, fällt Tante Ulla ihm ins Wort. »Und du hast Ludvig zu Besuch.«

»Der gehört aber nicht zur Familie«, platzt es aus Sünje hervor.

Aus dem Augenwinkel bemerke ich, wie sie sich auf die Lippe beißt – und ich habe auch registriert, wie heftig Ludvig zusammengezuckt ist.

Oje! Oje! Da scheint Tante Ulla ja in ein Wespennest gestochen zu haben. Mich machen Sünjes und Ludvigs Reaktionen allerdings nur noch neugieriger, und deshalb kann ich es kaum erwarten, endlich wieder mit ihr allein in ihrem Zimmer zu sein.

Leider muss ich mich noch über zwei Stunden gedulden, denn nachdem Tante Ulla Malte ins Bett gebracht hat und der Tisch abgedeckt ist, möchte Oma Grizabella unbedingt mit allen eine Runde Monopoly spielen. Onkel Lothar und seine holde Sandrina lassen sich allerdings den ganzen Abend nicht mehr blicken.

»Unglaublich, wie sie abgeräumt hat«, sagt Sünje auf dem Weg nach oben. »*Wie* viele Hotels hatte sie am Schluss noch mal?«

»Keine Ahnung«, gebe ich zurück. »Ist doch auch egal. Oder gönnst du es ihr etwa nicht?«

»Natürlich tu ich das«, entgegnet meine Cousine kopfschüttelnd, während sie mich in ihr Zimmer schiebt. »Meinetwegen kann sie jeden Abend gewinnen.«

»Ach so, du möchtest jetzt also *jeden Abend* mit Oma Grizabella Monopoly spielen?«, witzele ich.

»Besser, als mit Klarissa und ihren bescheuerten Barbiepuppen rumzuhängen«, brummt Sünje, schließt die Tür hinter uns und schmeißt sich auf ihr Bett.

»Hallo!«, stoße ich aus. »Das mit den Barbiepuppen war vor drei Jahren!«

»Stimmt.« Meine Cousine verschränkt die Arme im Nacken und blickt seufzend zur Zimmerdecke. »Mittlerweile ist sie wahrscheinlich selber eine.«

»Und Kai ein Ken?«, frage ich kichernd.

»Ach, den wird Gonne sich schon zurechtstutzen«, erwidert Sünje. »Wahrscheinlich ist Kai nach den Feiertagen nicht mehr wiederzuerkennen.«

»Und Klarissa?«

»Um die soll ich mich kümmern. So wie um dich.«

»Uuuh, das wird kniffig«, sage ich grinsend.

»Worauf du Gift nehmen kannst«, knurrt Sünje. »Und wage bloß nicht, dich auf meine Seite und gegen Klarissa zu stellen! Dann krieg ich einen Riesenstress mit meiner Mutter.«

»Vielleicht bekommen wir es ja so hin, dass Klarissa nichts mit uns zu tun haben will«, überlege ich hoffnungsvoll. »Könnte doch sein, dass sie uns megablöd findet.«

»Hmm.« Sünje nickt gedankenverloren.

Ich hole dreimal tief Luft, dann frage ich in die Stille hinein:

»Willst du mir nicht endlich erzählen, was du gegen Ludvig hast?«

»Gar nix«, erwidert Sünje unwillig.

»Das glaube ich dir nicht.«

Meine Cousine verdreht die Augen. »Na, und wenn schon!«

»Irgendwas ist zwischen euch vorgefallen, da bin ich mir sicher«, taste ich mich weiter vor.

»Schön für dich«, gibt Sünje patzig zurück.

»Sollst du nicht eigentlich nett zu mir sein?«, frage ich.

Es war scherzhaft gemeint, aber dummerweise kommt es nicht so bei ihr an.

»Kannst ja petzen gehen«, murrt Sünje und dreht sich mit dem Gesicht zur Wand. »Zum Dank wird meine Mutter mir den Rest der Ferien die Hölle heißmachen. Wenn du das willst ...«

»Nein, will ich nicht«, entgegne ich, nehme meinen ganzen Mut zusammen und lasse mich neben sie auf die Bettkante sinken. »Ich verstehe bloß nicht, wieso du kein gutes Haar an Ludvig lässt.«

»Du magst ihn also?«

So ein Quatsch!

»Ich kenn ihn doch gar nicht!«

»Tröste dich, das tut niemand«, erzählt Sünje der Zimmerwand.

Ich starre auf ihr Ohr, das aus ihrem strubbeligen Schopf hervorlugt und sich kaum merklich auf und ab bewegt. Ich schlussfolgere daraus, dass sie ziemlich aufgebracht ist und ihre Kiefer aufeinandermahlen.

»Es stimmt also, dass zwischen euch was Blödes passiert ist, oder?«, bohre ich weiter.

Sünje schweigt.

Nach einer Weile steht ihr Ohr still, dafür tritt sie mit einem Bein nach hinten aus.

»Schon möglich«, wispert sie.

Wusste ich es doch!

»Erzählst du's mir?«

»Hmhm.« Ruckartig dreht Sünje sich zu mir um und sieht mich mit blitzenden Augen an. »Unter einer Bedingung.«

»Okaaay ...«, sage ich gedehnt.

Da ahne ich allerdings schon, dass ich es wahrscheinlich bereuen werde.

Wenn Sünje etwas wirklich gut kann, dann ist es, jemanden auf die Folter zu spannen. In den nächsten anderthalb Stunden entlocke ich ihr kein einziges Wort mehr – weder zu Klarissa noch bezüglich ihres Lebens auf Hilsum und schon gar nicht, was ihre sogenannte

Bedingung betrifft. Ganz egal, welches Thema ich anschneide oder was ich sie auch frage, meine Cousine schweigt sich beharrlich aus. Sie räumt in ihrem Zimmer herum, packt ein paar Sachen hin und her und trällert dabei die Refrains der Songs mit, die sie über ihre iPod-Station abspielt und die mir weiß Gott nicht alle gefallen.

Ich sehe und höre ihr eine Weile zu, blättere in ihren Tierzeitschriften und fange an, mich zu langweilen. Wahrscheinlich ist es das Beste, wenn ich mich bettfertig mache und noch ein bisschen in meinem Buch lese. Ich raffe also meinen Pyjama und mein Waschzeug zusammen und husche ins Bad.

Als ich zehn Minuten später zurückkomme, ist es stockdunkel im Zimmer.

»He, was soll denn das?«, knurre ich und lasse meine Finger über die Wand neben dem Türrahmen gleiten. Sie finden den Lichtschalter, ein leises Klackgeräusch ertönt, aber nichts passiert. Die Deckenlampe bleibt aus. Ich versuche es noch einmal – klack, klack –, doch das Ergebnis bleibt das gleiche.

»Sünje?«, flüstere ich.

Stille.

»Mensch, könntest du mich vielleicht mal in deine Pläne einweihen?«

Noch immer kriege ich keine Antwort. – Was mich nicht wundert. Im Gegenteil: Wahrscheinlich gehört all das bereits zu dieser komischen Bedingung.

»Na gut, dann eben nicht«, murmele ich, drücke die

Tür ganz auf und tappe im Schein des Flurlichts auf Sünjes Bett zu.

Die Bettdecke wölbt sich ein wenig, aber ihren dunklen Schopf auf dem Kopfkissen kann ich nicht erkennen. Und Schlafgeräusche sind auch nicht zu hören.

»Sünje, bist du hier?«, frage ich leise, während ich die kleine Klemmlampe, die am Regal über ihrem Bett befestigt ist, nach dem Einschaltknopf abtaste. »Willst du dir denn gar nicht die Zähne putzen?«

Nach einigem Gefummel finde ich den Schalter endlich. Ich lege ihn um, doch auch diese Lampe bleibt dunkel.

»Sünje?«, frage ich noch einmal, obwohl ich mir denken kann, dass es sinnlos ist. Inzwischen glaube ich nämlich, dass sich unter ihrer Bettdecke etwas anderes wölbt als der Körper meiner Cousine. Einen Moment bin ich versucht, meine Hand danach auszustrecken, aber dann entscheide ich, dass ich es lieber doch nicht so genau wissen will.

Ich bewege mich wieder auf die Tür zu, schließe sie langsam und verharre so lange auf der Stelle, bis meine Augen sich an die Dunkelheit gewöhnt haben und ich die Konturen der Möbel im Zimmer erkennen kann. Dann husche ich zu meinem Schlaflager hinüber und schlüpfe unter die Decke.

Ich lege mich auf die Seite, mit dem Rücken zur Tür, mache die Augen zu und bemühe mich nach Leibeskräften, nicht an die Wölbung in Sünjes Bett zu denken.

Ebenso wenig, wie es meerschweinchengroße Strohmäuse gibt, lauern hier auch keine Bettflöhe, die das Ausmaß eines Schäferhundes annehmen und nur auf eine günstige Gelegenheit warten, um mir ihre Zähne ins Fleisch zu jagen. Und vor Halligmonstern und Geisterpiraten fürchtet sich allenfalls Malte. – Aber ich doch nicht!

Jemand flüstert meinen Namen.

»Leonie? … Leonie!«

»Lass mich«, murmele ich.

Ich bin müde und möchte meine Ruhe haben. Außerdem ist es stockfinster. Ich sehe absolut nichts, aber ich spüre – einen warmen Atemhauch am meinem Hals. Blankes Entsetzen durchzuckt mich. Die feinen Härchen in meinem Nacken stellen sich auf, und mein Herz wummert los, als hätte ich einen Weltrekord im Hundertmeterlauf hingelegt.

»Aaahhh!«, kreische ich und strampele wie wild um mich.

»Bist du wahnsinnig!«, zischt die Stimme und im nächsten Moment erscheint Sünjes Gesicht über mir. »Halt gefälligst die Klappe. Oder willst du das ganze Haus aufwecken?«

Okay, dass ich nicht die nervenstärkste Person unter der Sonne bin, habe ich gewusst, aber dass ich mich auf dieser Hallig zu einer waschechten Angsthäsin mausern würde, überrascht – und enttäuscht! – mich selbst. Es fehlt garantiert nicht mehr viel und ich werde bei meiner sturmerprobten Cousine komplett unten durch sein. Höchste Zeit also, mich endlich von meiner abenteuerlustigen Seite zu zeigen.

»Was ist denn los?«, wispere ich, während ich mich ein wenig umständlich aufrappele.

»Vollmond«, raunt Sünje. »Spuk im Schafstall. Meinetwegen auch ein heimtückisches Verbrechen im Schnee.« Sie hebt triumphierend die Arme über den Kopf. »Und das arme Opfer ist natürlich die holde Sandrina.«

»Ist nicht wahr!«, hauche ich und schon sinkt mir das Herz wieder in die Hose.

»Meine Güte, du hältst ja wirklich alles für bare Münze!« Sünje verdreht die Augen. »Ach, vergiss es«, meint sie abwinkend. »Und jetzt sieh zu, dass du in deine Klamotten kommst. Wir pennen im Schafstall. Unter dem großen Stallfenster auf dem Heuboden.«

Wie bitte?

»Zu zweit auf der winzigen Matte, die du zwischen den Rundballen versteckt hast?«

Ich weiß ehrlich nicht, wie das gehen soll!

»Keine Sorge, wir kriegen sowieso kein Auge zu«, erwidert Sünje. »Das ist ja der Sinn der Sache. Und dafür erzähle ich dir dann alles, was du über Ludvig wissen willst«, stellt sie mir in Aussicht.

Na super!

Das also ist ihre Bedingung: eine gemeinsame Nacht im Schafstall.

Komisch eigentlich, dass ich da nicht von selbst draufgekommen bin!

Eine aufregende Nacht

Eine knappe Viertelstunde später tappen wir dick eingemummt in Thermounterwäsche, wattierten Hosen und Jacken, Mützen, Handschuhen und Schals durch den Schnee zum Stall hinüber. Sünje trägt einen Rucksack voller »Proviant und anderer nützlicher Dinge« auf dem Rücken. Eine Taschenlampe brauchen wir nicht, denn inzwischen steht der Vollmond hoch am Himmel. In seinem Licht glitzert der Schnee wie ein Meer aus Tausenden von Kristallen. Bei jedem Schritt knirscht er leise unter unseren Schuhsohlen. Abgesehen davon ist es hier draußen absolut still.

»Was ist, wenn sie uns erwischen?«, wispere ich.

»Meine Eltern?« Sünje schüttelt den Kopf. »Jetzt entspann dich mal. Dies hier ist schließlich keine Premiere und bisher haben sie es noch nie bemerkt.« Sie zuckt mit den Schultern. »Vielleicht nehmen sie es auch einfach hin. Ich mache es ja nur in den Ferien oder am Wochenende. Und verloren gehen kann man auf einer so kleinen Hallig nun wirklich nicht.«

»Haha«, sage ich und erinnere sie an Malte.

»Das ist ja wohl ein Unterschied«, erwidert Sünje.

»Malte ist ein kleiner Junge. Dem kann alles Mögliche passieren.«

»Dagegen bist du natürlich die Vernunft in Person«, murmele ich.

»Du meinst wohl eher dich«, brummt Sünje. »Dabei glaube ich nicht mal, dass deine Eltern wegen so was Stress machen würden.«

Womit sie wahrscheinlich recht hat.

»Es ist nicht ihretwegen«, sage ich.

Sünje mustert mich stirnrunzelnd. »Sondern?«

»Meinetwegen«, gebe ich ein wenig zerknirscht zu. »Ich bin eben doch ein Schisser.«

Jetzt huscht ein Grinsen über ihr Gesicht.

»Macht nix«, entgegnet sie leise glucksend. »Du bist ja noch ein paar Tage hier. Zeit genug also, dir diesen Schisser vielleicht auszutreiben. Der sitzt nämlich da oben fest«, setzt sie hinzu und tippt sich an den Kopf.

»Tja, dann hoffen wir mal, dass er keine Saugnäpfe unter den Füßen hat«, erwidere ich und grinse ebenfalls.

Sünje knufft mich gegen den Oberarm. »Oder Krallenfinger und Hakenzähne.«

»Uiuiui! In dem Fall wirst du dir echt was einfallen lassen müssen«, kichere ich und mit einem Mal fühle ich mich geradezu beschwingt.

Der Gedanke an den dunklen, verwinkelten Heuboden und die knarzenden Balken müsste mir eigentlich einen Gruselschauer nach dem anderen über den Rücken jagen, stattdessen spüre ich nur ein feines Kribbeln in meinem Bauch.

Ganz sicher wird diese Nacht ziemlich aufregend werden, aber ich bin felsenfest entschlossen, dieses Heuboden-Abenteuer nicht nur irgendwie zu überstehen, sondern auch wirklich Spaß daran zu haben.

Nachdem wir Lisa und ihren frisch geborenen Lämmern noch einen kurzen Besuch abgestattet haben, machen wir uns an den Aufstieg. Ich warte, bis auch Sünje hinaufgeklettert ist und ihre Taschenlampe hervorgeholt hat, und laufe dann im Schein des Lichtkegels vor ihr her. Zügig geht es die engen Gänge zwischen dem hoch aufgetürmten Heu entlang und an der Bodenklappe vorbei bis zum hinteren Schober, in dem die Rundballen lagern.

Sobald wir sie erklommen haben, zieht Sünje unter lautem Ächzen und Stöhnen die Leiter hoch und zerrt sie bis unters Fenster.

»Nur so können wir sicher sein, dass wir hier oben auch wirklich allein bleiben«, erklärt sie mir.

»Oha! Du meinst, Finn und Ludvig könnten auf eine ähnliche Idee kommen?«, frage ich, doch Sünje schüttelt den Kopf. »Nee, ich denke da eher an Gonne und Anna-Sophia. Mein großer Bruder findet Heuböden unglaublich romantisch. Ich möchte nicht wissen, wie viele Mädchen er hier oben schon flachgelegt hat.«

»Mensch, Sünje!«, stoße ich aus.

»Was denn?«, erwidert sie grinsend. »Die Ladys stehen nun mal auf Gonne. Und wenn sie ihm gefallen, dann lässt er ganz sicher nichts anbrennen.«

Mannomann! Und ich habe meinen großen Cousin nicht nur für einen netten Kerl, sondern auch für einen echten Gentleman gehalten.

»Bei meiner Schwester wird er sich hoffentlich beherrschen«, sage ich.

»Keine Sorge«, meint Sünje augenzwinkernd. »Trotz alledem weiß Gonne sehr gut, wie er sich zu benehmen hat. Im Gegensatz zu Ludvig«, setzt sie mit finsterer Miene hinzu.

»Soll das etwa heißen, dass der ebenfalls nichts *anbrennen* lässt?«, frage ich und habe Mühe, meine Stimme nicht allzu wackelig klingen zu lassen.

Eigentlich kann es mir vollkommen egal sein, wie Ludvig tickt und ob er bisher keine oder bereits zehn Freundinnen hatte. Ich will nämlich ganz bestimmt nichts von ihm!

»Er hat mich geküsst«, platzt es aus Sünje heraus. »Und zwar nicht nur ein Mal.«

»Was?«, hauche ich. »Dann … seid ihr also doch …?«

»Nein, sind wir nicht«, unterbricht sie mein Gestammel. »Jedenfalls nicht dass ich wüsste.«

Es klingt wütend und auch ein bisschen traurig, so als ob sie gerne mit ihm befreundet wäre, sich aber nicht sicher ist, ob Ludvig es genauso sieht.

Ich hole tief Luft und beschließe, sie ganz direkt zu fragen.

»Magst du ihn denn nun oder nicht?«

Sünje schweigt. Sie sieht mich nicht mal an, sondern zieht ihre komische Matratze hervor, breitet sie unter dem Fenster aus und hockt sich im Schneidersitz darauf.

Ich warte eine Weile, bis das Schweigen die Luft zum Knistern bringt und ich es nicht mehr aushalte.

»Du hast es mir versprochen!«

»Was?«, fragt Sünje, während sie stur aus dem Fenster starrt.

»Na, dass du mir alles über Ludvig erzählst.«

»Hab ich ja jetzt«, erwidert sie achselzuckend und deutet auf den nahezu sternenklaren Himmel. »Schau mal, da draußen.«

Na toll! Und ich soll mich entspannen!

Allmählich beschleicht mich das Gefühl, dass sie nicht weniger schissig ist als ich, nur eben auf eine andere Art.

»Ich weiß, da ist der Mond«, brumme ich. »Außerdem sind da ein paar Wölkchen und jede Menge Sterne. Schon klar.«

»Und das Meer«, führt Sünje meine Aufzählung fort, »der Schnee … und noch jemand.«

Wie bitte?

»Und wer?«

»Guck doch selber«, entgegnet Sünje und klopft neben sich auf die Matratze.

Zögernd lasse ich mich an ihrer Seite nieder und recke den Hals.

»Wo denn?«, frage ich und befürchte schon, dass meine Cousine jede Sekunde laut herauslacht, weil ich wieder einmal auf sie hereingefallen bin. Aber dann bemerke ich die beiden eng umschlungenen Gestalten auch.

Sie schlendern am Rand einer dick verschneiten Schafkoppel entlang in Richtung Meer, und im ersten Moment denke ich, dass es eigentlich nur Anna-Sophia und Gonne sein können, doch im nächsten erkenne ich, dass die zwei dort älter sind.

»Ist das Onkel Lothar?«, wispere ich.

»Mhm«, triumphiert Sünje. »Und die holde Sandrina.«

»Ohne Stöckelstiefel«, bringe ich verwundert hervor. »Und in dicker Daunenjacke!«

»Da könnte man glatt auf die Idee kommen, sie sei ein normaler Mensch«, meint Sünje grinsend. »Na, egal, auf jeden Fall ist das eine erstklassige Gelegenheit!«

Irritiert sehe ich sie an.

Sünje ist bereits auf den Beinen, ehe ich »Wozu?« gefragt habe. Sie schnappt sich die Leiter, zerrt sie zum Rand der Strohballen und lässt sie auf den Heuboden hinunter.

»Warte hier«, raunt sie mir zu. »Ich bin gleich wieder zurück.«

»Was? ... Nein ... Wieso?«, stottere ich und rappele mich ebenfalls auf. »Was hast du denn vor?«

Natürlich bekomme ich keine Antwort.

»Bleib am Fenster und behalt die beiden im Auge«, verlangt Sünje stattdessen.

Einen Atemzug später ist sie auch schon verschwunden, und ich höre nur noch ihre Schritte auf dem Holzboden, die sich hastig entfernen.

»Mist!«, fluche ich, ergreife die Taschenlampe und überlege, ob es nicht vielleicht doch sicherer wäre, Sünje hinterherzulaufen. Wenn sie mir wenigstens gesagt hätte, was sie vorhat. Stattdessen lässt sie mich hier allein auf diesem finsteren Heuboden zurück. Keine Ahnung, wie ich das überleben soll!

Langsam lasse ich mich wieder auf die Matratze sinken und richte meinen Blick zum Fenster hinaus. Keine Ahnung, was es bringen soll, wenn ich Onkel Lothar und seine holde Sandrina beobachte, aber immer noch besser, als in die Dunkelheit des Heubodens zu starren.

Die beiden sind inzwischen stehen geblieben und haben sich voneinander gelöst. Sandrina fuchtelt hektisch mit den Armen und wirkt total aufgebracht.

Ich sehe, wie Onkel Lothar beschwichtigend die Hände hebt. Wahrscheinlich versucht er, sie zu beruhigen, was ihm allerdings nicht gelingt. Sandrina schüttelt den Kopf. Plötzlich wendet sie sich ab und läuft mit hastigen Schritten in Richtung Gästehaus davon.

Mein Onkel eilt ihr nach, fasst sie am Arm und zieht sie zu sich herum, doch sie reißt sich sofort wieder los.

Mittlerweile sind sie so nahe an den Stall herangekommen, dass ich ihr Mienenspiel mühelos erkennen kann. Kein Zweifel: Die holde Sandrina ist stinksauer – und Onkel Lothar offensichtlich ziemlich verzweifelt.

Ach herrje, ich wüsste wirklich zu gerne, weswegen die zwei sich in der Wolle haben! Ob Sünje wohl etwas von ihrem Streit aufgeschnappt hat? Verdammt, wo bleibt sie überhaupt so lange?

Ich werfe einen Blick über meine Schulter, aber hinter mir tut sich nichts und bis auf ein gelegentliches Blöken ist es geradezu totenstill um mich herum.

Ein feiner Gruselschauer rast mir über den Rücken. Energisch schüttele ich ihn ab und wende mich erneut dem Fenster zu. Es hat leider nur einen schmalen Sprossenrahmen aus Eisen, der fest ins Mauerwerk eingelassen ist.

Den kleinen Riegel entdecke ich erst, als mein Onkel und seine feuerspuckende Flamme schon fast aus meinem Blickfeld verschwunden sind. Er ist genauso rostig wie der übrige Rahmen und bewegt sich keinen Millimeter.

Leise fluchend sehe ich mich um, und schließlich fällt mein Blick auf den Mistgabelstiel, mit dem ich heute Nachmittag der vermeintlichen Strohmaus den Garaus machen wollte. Ich überlege nur eine Sekunde und in der nächsten halte ich den Stiel bereits in den Händen. Ich setze sein unteres Ende auf den Riegel, spanne meine Muskeln an und drücke, so fest ich kann.

Zuerst tut sich gar nichts, und ich bin bereits kurz davor aufzugeben, als der Riegel plötzlich doch unter einem durchdringenden Quietschen nachgibt und eine der kleinen Scheiben nach innen klappt.

»Hast du das auch gehört?«, schallt Sandrinas Stimme zu mir herauf.

Wie vom Donner gerührt halte ich inne. Den Mistgabelstiel fest umklammert, lausche ich nach draußen. Ich wage mich keinen Zentimeter weiter auf das Fenster zu, damit die beiden mich auf keinen Fall entdecken. Sehen kann ich sie jetzt zwar nicht mehr, aber dafür verstehe ich jedes einzelne Wort klar und deutlich.

»Nein, was denn?«, fragt Onkel Lothar zurück.

»Na, das Gequietsche.«

»Ach, das wird eins dieser dämlichen Tiere gewesen sein«, erwidert mein Onkel. »Vielleicht ist auch nur eine Tür zugefallen.«

Die holde Sandrina antwortet mit einem Stöhnen. »Herrgott, auf was habe ich mich hier bloß eingelassen! Es wäre so viel unkomplizierter gewesen, wenn du deine Geschwister einfach vor vollendete Tatsachen gestellt hättest.«

»Mein Zuckerschnütchen, du kannst sie doch überhaupt nicht einschätzen«, redet Onkel Lothar beschwörend auf sie ein. »Für Ulla, Sybille und Matthias ist es eben wichtig, dich kennenzulernen und sich ein genaues Bild von … ähm … unserer Situation zu machen, damit …«

»Du hast sie also noch nicht einmal vorgewarnt?«, fährt Sandrina dazwischen. »Ich fasse es nicht, Lothar. Ich fasse es wirklich nicht!«

»Versteh doch, mein Täubchen: Das Beste für uns alle wäre es, wenn sie von selbst daraufkämen … Verstehst du … wenn einer von ihnen diesen Vorschlag machen würde.«

»Ach so, darauf spekulierst du also!«, zischt Sandrina.

»Spekulation ist zu viel gesagt, Hoffnung trifft es schon eher«, entgegnet mein Onkel.

»Tut mir leid, aber das ist mir zu wenig«, blafft seine Holde ihn an.

»Ich weiß, Süße, ich weiß.« Onkel Lothar stößt einen tiefen Seufzer aus. »Mir ist absolut klar, was ich von dir verlange, aber ich täte es nicht, wenn ich nicht überzeugt wäre …«

Wieder fällt Sandrina ihm ins Wort. »So?«, zetert sie leise. »Gerade eben noch hast du von Hoffnung gesprochen und jetzt soll es auf einmal Überzeugung sein?«

»Um des lieben Friedens willen … und damit sie sich nicht abgeschoben fühlt …«, setzt mein Onkel zu einer Erklärung an, doch auch diesmal lässt die holde Sandrina ihn nicht ausreden.

»Es ist mir egal, wie sie sich fühlt«, faucht sie. »Ich ertrage es einfach nicht mehr. Es ist mein Leben. Unseres! Und das habe ich mir weiß Gott anders vorgestellt, als ich dich traf … und mich in dich verliebte.« Die letzten Worte spricht sie sanft, beinahe zärtlich aus. »Das möchte ich mir nicht kaputt machen lassen.«

»Ich doch auch nicht, meine Zuckerschnute«, erwidert Onkel Lothar flüsternd. »Du bist mein größter Schatz, und ich verspreche dir, ich werde dich nicht enttäuschen. Ich bitte dich nur um etwas Geduld.«

»Fünf Tage noch«, sagt die holde Sandrina. »Spätestens dann wirst du dich entscheiden müssen: sie oder ich.«

Ich schließe das Fenster und lege den Riegel um, der sich jetzt zum Glück ganz mühelos bewegen lässt.

Sie oder ich.

Obwohl kein Name gefallen ist, ist mir sonnenklar, wen die holde Sandrina damit gemeint hat, nämlich Oma Grizabella! Prompt muss ich an unser Gespräch von gestern Abend in der Küche denken und an die Bemerkungen, die meine Großmutter in Bezug auf ihr »Motorrad« gemacht hat.

Sie hat Onkel Lothar zwar als verwöhnten Bengel bezeichnet, trotzdem kann ich mir nicht vorstellen, dass es ihm etwas ausmacht, sich um sie zu kümmern. Oma Grizabella hat ja schon immer bei ihm gewohnt, was auch ziemlich vernünftig ist. Erstens hat er selber keine Familie und zweitens besitzt er mindestens so viel Geld wie Tante Ulla und Onkel Olaf Heuhalme. Seine Villa ist riesig. Er beschäftigt eine Haushälterin, eine Köchin und eine Pflegerin für meine Großmutter. Hm, komisch eigentlich, dass die gar nicht mitgekommen ist!

Na ja, und wie ich die holde Sandrina einschätze, möchte die ihr Leben mit Onkel Lothar garantiert in vollen Zügen genießen. Wahrscheinlich steht sie auf Luxusreisen und tolle Partys und da ist meine Großmutter ihr natürlich ein Klotz am Bein. Das, was ich eben mit angehört habe, lässt eigentlich nur einen Schluss zu: Die holde Sandrina will Oma Grizabella tatsächlich *von der Bühne kicken*. Und wie es aussieht, hofft Onkel Lothar, dass entweder Papa, Tante Ulla oder Tante Sybille von sich aus anbieten, sie bei sich aufzunehmen. Keine Ahnung, wie er sich das vorstellt. Ich jedenfalls glaube nicht, dass das passiert – obwohl ich es irgendwie schon cool fände, wenn Oma Grizabella bei uns einziehen würde.

Allerdings müsste sie dann im Gästezimmer zwischen Bügelbrett, Papas Bürokram und Mamas Nähtisch wohnen – oder Anna-Sophia und ich müssten uns mit einem gemeinsamen Zimmer begnügen. Das hingegen ist alles andere als eine prickelnde Vorstellung!

Außer in Onkel Lothars Villa wäre sie wohl am besten hier auf der Hallig aufgehoben. Platz genug gibt es im Gästehaus allemal, ich bezweifle jedoch, dass Tante Ulla überhaupt Zeit hätte, sich um Oma Grizabella zu kümmern. Bei dem Gedanken, dass meine Großmutter von all dem überhaupt nichts ahnt und womöglich einfach so über ihren Kopf hinweg entschieden wird, dreht sich mir der Magen um.

Das Ganze ist eine verdammt verzwickte Angelegenheit, und ich hoffe sehr, dass Sünje bald zurückkommt, damit ich ihr alles erzählen kann.

Ein seltsames Geräusch lässt mich herumfahren. Es klingt wie ein Schaben, gefolgt von einem dumpfen Poltern. Vor Schreck schnellt mein Puls in die Höhe und ein paar Sekunden lang wage ich kaum zu atmen.

Nachdem eine Weile alles still geblieben ist, beruhige ich mich wieder. Bestimmt waren es nur die Schafe, rede ich mir zu. Vielleicht haben sie einander angerempelt und eines von ihnen ist gegen die Boxenwand gestoßen. Doch dann bilde ich mir ein, Schritte zu vernehmen. Sie sind sehr leise, aber sie sind eindeutig oben auf dem Heuboden – und sie kommen näher!

»Sünje?«, krächze ich und noch einmal etwas lauter: »Sünje? … Bist du das?«

Augenblicklich halten die Schritte inne. Was natürlich auch eine Antwort ist!

Fieberhaft überlege ich, was ich tun soll. Mich auf den Bauch legen und in den Schatten hinter dem Fenster verkriechen und dort mucksmäuschenstill ausharren oder laut schreiend über den stockdunklen Heuboden in den Schafstall hinunterrennen?

Die Leiter!, durchzuckt es mich. Oh mein Gott! – Hoffentlich hat Sünje die nicht stehen lassen! In dem Fall würde es mir nämlich kaum etwas nützen hierzubleiben.

Also krieche ich erst mal auf allen vieren bis zum Rand der aufgestapelten Rundballen, strecke zitternd meine Hand aus und versuche, das morsche Ding zu ertasten. Im selben Moment sehe ich sie auch schon – die dunkle vermummte Gestalt!

Ein kurzer spitzer Schrei springt mir aus der Kehle. Ich packe die Leiter mit beiden Händen und will sie mit einem schnellen Schwung zu mir heraufziehen, doch da setzt die Gestalt bereits ihren Fuß auf die unterste Sprosse.

Langsam steigt sie zu mir herauf.

»Nein«, keuche ich und krabbele, so schnell ich kann, in den Schatten zurück, dann fange ich an zu brüllen: »Hilfe! Hiiilfeee! Sünje! Polizei! Feuer! … Mamaaa!«

Ich bete zu allen Göttern des Universums, dass mich irgendjemand hört und mir … Oh nein, oh nein, da ist sie schon: Die Gestalt hat die letzte Sprosse genommen und richtet sich zu ihrer vollen Länge auf.

Sünje kann es nicht sein, dafür ist sie zu groß.

»Bitte, bitte, tu mir nichts«, wispere ich und krieche

rückwärts weiter, bis ich mit den Füßen gegen die Außenwand trete. Erst stockt mir der Atem, dann stoße ich ein gellendes »Aaaaaaaahhh!« aus.

Keine drei Sekunden später ist die Gestalt über mir. Sie packt mich an der Jacke und presst mir ihre Hand auf den Mund.

»Bist du völlig durchgeknallt!«, zischt sie. »Sei gefälligst ruhig!«

Obwohl ich diese Stimme noch nicht allzu oft gehört habe, erkenne ich sie sofort. Und deshalb würde ich am liebsten auf der Stelle zwischen den Rundballen versinken und bis zum Tag unserer Abreise nicht mehr zum Vorschein kommen.

Ludvigs funkelndes Augenpaar blitzt unter dem Rand seiner Kapuze hervor und auch der Rest seines Gesichts ist nun im weißen Licht des Vollmonds deutlich zu erkennen.

»Kann ich dich jetzt loslassen?«

Ich nicke und Ludvig lockert zögernd seinen Griff.

»Du hast mich wahnsinnig erschreckt«, stoße ich keuchend aus.

»Verflixt«, stöhnt er und richtet sich kopfschüttelnd auf. »Was hast du denn gedacht, wer ich bin?«

»Na ja, jedenfalls nicht du«, sage ich.

»Hmm«, brummt er und lässt sich neben mich auf den Boden sinken. »Klar gibt es jede Menge Unholde auf dieser Hallig. Und die, die nicht schon hier sind, kommen über Nacht vom Festland herüber. Schwimmend versteht sich. Hilsum ist eindeutig der Ort mit der höchsten Kriminalitätsrate … noch vor Großstädten wie Hamburg oder Berlin. Man kann gar nicht vorsichtig genug sein!«

Ich starre ihn an und weiß nicht, was ich sagen, geschweige denn tun soll. Das Beste wäre es wohl, laut loszulachen, aber leider ist mir überhaupt nicht danach zumute.

»Tut mir leid«, murmele ich und senke betreten den Blick.

»Was?«, fragt Ludvig und aus dem Augenwinkel bemerke ich sein Grinsen. »Dass du so ein Schisshase bist?«

»Mhm«, mache ich nur. »Bestimmt kommt Sünje jeden Augenblick zurück«, sage ich dann.

»Glaub ich nicht.«

Überrascht sehe ich ihn an. »Wieso? Was ist denn mit ihr?«

»Drei andere Unholde haben sie gekidnappt«, antwortet Ludvig trocken. »Ich erwähnte ja bereits, dass es hier nur so von ihnen wimmelt.«

»Jetzt sei doch mal ernst.«

»Bin ich doch immer.«

»Stimmt«, sage ich. »Und seltsam.«

Jetzt ist Ludvig überrascht. »Findest du?«

»Ja.«

»Aha?« Er beugt sich zu mir rüber und betrachtet mich stirnrunzelnd. »Na ja, dann haben wir immerhin schon mal eine Sache gemeinsam.«

»Was soll das denn heißen?«

»Dass ich dich ebenfalls ziemlich seltsam finde, Stadtmädchen«, erwidert Ludvig.

Blödmann!

»Ich heiße Leonie«, kläre ich ihn auf. Dabei ist es mir völlig schleierhaft, wieso ich überhaupt mit ihm rede.

»Hmh, ich weiß.« Wieder breitet sich ein Grinsen auf seinem Gesicht aus. »Hübscher Name.«

Während ich gegen die Hitze ankämpfe, die mir in die Wangen geschossen ist, überlege ich, ob ich mich für dieses Kompliment bedanken oder es lieber ignorieren soll.

»Du bist es übrigens auch«, setzt Ludvig hinzu.

»Was?«, hauche ich und würde mich dafür am liebsten sofort in den Hintern beißen. Dusseliger geht es ja nun echt nicht mehr!

»Bist du mir etwa deswegen hinterhergestiegen?«, blaffe ich, damit dieser Ludvig bloß nicht auf die Idee kommt, dass er mir mit seiner Bemerkung eine Freude gemacht hätte.

»Nein«, sagt er. »So bin ich nicht.«

Aber Sünje küssen, das kannst du, denke ich.

Was fällt diesem Kerl eigentlich ein! Verfolgt mich und versetzt mich in Angst und Schrecken, nur um sich anschließend über mich lustig zu machen.

Allmählich beschleicht mich das Gefühl, dass alle hier ein bisschen spinnen, und ich will eigentlich nur noch eins: meine Ruhe haben und dafür sorgen, dass Oma Grizabella nicht zwischen die Fronten gerät.

»Warum bist du denn auf einmal so sauer?«, fragt Ludvig.

»Bin ich das?«, schnaube ich.

»Na ja ... so wie du qualmst. Ein Drache, dem man auf

den Schwanz getreten hat, ist nichts dagegen. Ich glaube, ich sollte besser mal in Deckung gehen.«

»Jetzt hör schon auf«, entgegne ich. »Du machst mich noch ganz kirre.«

»Frag mich mal«, knurrt Ludvig.

»Wieso?«

»Wieso! Wieso!«, regt er sich jetzt auf. »Ich wollte doch einfach bloß ...« Er bricht ab und macht eine resignierte Geste.

»Sprich dich ruhig aus«, ermuntere ich ihn.

Ludvig schüttelt den Kopf. »Mensch, Leonie«, sagt er leise und plötzlich liegt seine Hand auf meinem Knie.

Hastig ziehe ich es weg.

»Was?«

»Reg dich bitte endlich mal ab. Ich tu dir ja nichts.«

»Ach, und was sollte das eben?«, fahre ich ihn an.

Ludvig runzelt die Stirn. »Was meinst du?«

»Na, das mit meinem Knie.«

»Gar nichts«, brummt er. »Ich wollte dich nur beruhigen. Wieso auch nicht? Ein Knie ist ein Knie ist ein Knie ist ein ... Knie. Dachte ich zumindest«, erwidert er seufzend. »Bei dir scheint es allerdings die Zündschnur zu sein.«

»Mann, Ludvig. Ein Typ fasst einer Frau nicht ans Knie!« Schlimm genug, dass ich es ihm überhaupt erklären muss.

»Ach so.« Er mustert mich mit zusammengepressten Lippen. »Alles klar, Leonie. Tut mir echt leid. Aber ich kann dir versprechen: Es wird ganz bestimmt nicht wieder vorkommen.«

Klarissa und andere Irritationen

Ich laufe voraus und versuche, nicht an Ludvig zu denken. Nicht an unser verkorkstes Gespräch und erst recht nicht an das, was er zuletzt gesagt hat.

Es ist egal, was er von dir hält, wummert es durch mein Gehirn. Egal. Egal. Egal! – Ich kann es mir gar nicht oft und deutlich genug vor Augen halten.

Wie von einem unsichtbaren Magneten gezogen, haste ich über den Heuboden bis zur langen Leiter, die in den Stall hinunterführt.

»Da seid ihr ja endlich!«, begrüßt Sünje mich, als ich auf halber Höhe bin.

»Wieso *ihr*?«, brumme ich, denn eigentlich kann sie gar nicht wissen, dass Ludvig auch da oben ist. Doch dann sehe ich, wie sie und Finn in schönster Eintracht auf den Heuballen hocken, Frau Etepetete auf Sünjes Schoß und Kowalsky zu Finns Füßen.

»Ihr habt ihn da hochgeschickt!«, platzt es aus mir heraus.

»Quatsch«, erwidert Finn.

»Lüg nicht«, sagt Ludvig, der in diesem Moment über mir auftaucht.

»Ihr seid vielleicht bescheuert«, knurre ich, wende mich ab und steuere auf das Stalltor zu.

»Und wie willst du ins Haus kommen?«, ruft Sünje mir nach. »Ohne Schlüssel?«

Keine Ahnung. Notfalls erfriere ich auf der Türschwelle. Das zumindest scheint mir immer noch besser zu sein, als Ludvig noch einmal unter die Augen treten zu müssen. Und so eile ich nach draußen, ohne meiner Cousine eine Antwort zu geben.

Inzwischen hat es angefangen zu schneien und der Wind wirbelt die dicken weißen Flocken wild durcheinander.

»Mensch, Leonie!«, brüllt Sünje mir nach. »Jetzt warte doch mal!«

Ich höre ihre hastigen Schritte hinter mir und renne noch ein bisschen schneller. Aber meine Cousine holt mühelos auf und hält mich kurz darauf am Jackenärmel fest.

»Lass mich bloß in Ruhe!«, fauche ich und reiße mich mit einem energischen Armschwung von ihr los. Dabei verliere ich das Gleichgewicht, gerate ins Schliddern und plumpse rücklings in den Schnee.

Sünje landet direkt neben mir.

»Auuuh, mein Steiß!«, jaule ich los, als ich jedoch das breite Grinsen im Gesicht meiner Cousine sehe, kann ich nicht anders: Ich muss lachen. Weil die ganze Situation so aberwitzig ist und die Peinlichkeiten offenbar kein Ende nehmen wollen.

Ich lasse meinen Hinterkopf in den Schnee sinken

und lache lauthals in die tausend Flocken hinein, die vom Nachthimmel auf uns herunterrieseln.

»Bist du verrückt?«, zischt Sünje und drückt mir im Gegensatz zu Ludvig eben gleich beide Hände auf den Mund. »Du weckst ja die ganze Verwandtschaft auf.« Sie verdreht die Augen. »Na ja, egal. Die halbe ist ohnehin schon wach. Ich muss dir übrigens dringend was erzählen.«

Ich dir auch, denke ich und nicke heftig. Mit einem Schlag ist Ludvig vergessen, und ich kann es kaum erwarten, endlich mit Sünje allein in ihrem Zimmer zu sein und ihr von Onkel Lothars Streit mit der holden Sandrina zu erzählen.

»Ich lass dich jetzt los, klar?«, wispert sie.

Wieder nicke ich heftig.

»Okay.« Sünje atmet auf. Ihre Augen funkeln vor Aufregung und auch ein bisschen geheimnisvoll. Dann zieht sie langsam ihre Hände von meinem Mund weg. »Hör gut zu«, raunt sie. »Ich war im Gästehaus. In *ihrem* Zimmer. Und … du wirst es nicht glauben, aber … ich habe es tatsächlich geschafft, einen Blick in Sandrinas Koffer zu werfen.«

Am nächsten Morgen reißt mich ein gellender Schrei aus dem Schlaf. Ein paar Sekunden lang habe ich Probleme mit der Orientierung, dann fällt mir ein, dass ich auf Hilsum bin und in Sünjes Zimmer auf einer Gästebett-Luftmatratze liege.

Es ist also alles in bester Ordnung, zumindest wenn man den Schrei und die Ereignisse der letzten Nacht – insbesondere die Kofferaktion – außer Acht lässt.

»Hast du das auch gehört?«, frage ich, während ich mich langsam aufsetze.

Mein Blick fällt auf Sünjes zurückgeschlagene Bettdecke, danach auf die Zimmertür, die einen Spaltbreit offen steht. Von meiner Cousine fehlt jede Spur.

Mit einem leisen Stöhnen lasse ich mich aufs Kopfkissen sinken. Ich habe überhaupt keine Lust, aufzustehen und meiner Familie – oder Ludvig! – unter die Augen zu treten. Sünje und ich haben eins (den Kofferinhalt) und eins (das Streitgespräch zwischen Onkel Lothar und seiner Holden) zusammengezählt und bis in die frühen Morgenstunden hinein beraten, was wir tun sollen. Zu einem endgültigen Ergebnis sind wir dabei allerdings nicht gekommen. Nur in einem waren wir uns sehr schnell einig, nämlich darin, dass wir die holde Sandrina ab sofort nicht mehr aus den Augen lassen dürfen. Eigentlich.

Da wir jedoch nur zu zweit sind, ist eine lückenlose Überwachung natürlich reine Utopie. Abgesehen davon, dass ein solches Unterfangen gut organisiert und koordiniert sein will, würde es unseren Eltern, Onkeln und Tanten und früher oder später garantiert auch Oma Grizabella auffallen, dass Sünje und ich nichts mehr zusammen unternehmen.

Ganz sicher würde Mama wissen wollen, ob wir uns gestritten hätten, und anfangen, Versöhnungspläne zu schmieden.

»Es ist Weihnachten, Schätzchen«, höre ich sie schon sagen. »Das ist das Fest der Liebe. Und wir wollen doch eine schöne Zeit miteinander verbringen.«

Haha, von wegen! Wenn meine Mutter wüsste! Wenn sie alle wüssten!

Außerdem wäre da noch Klarissa, die ...

Ein weiterer gellender Schrei fährt mir in die Glieder, ehe ich den unliebsamen Gedanken an meine Cousine Nummer zwei zu Ende denken kann. Mit einem Ruck setze ich mich auf und lausche in die nun folgende Stille.

Ohgottohgott, das wird doch wohl hoffentlich nicht Oma Grizabella gewesen sein!

In null Komma nix bin ich auf den Beinen. Ich schiebe den Vorhang zur Seite und luge in den Garten hinunter. Denn ich bin mir ziemlich sicher, dass der Schrei nicht aus dem Haus kam, sondern von draußen, vielleicht sogar aus dem Gästehaus. *Das* kann ich von Sünjes Fenster aus aber leider nicht sehen.

Eine unberührte Schicht frisch gefallenen Schnees überzieht den Boden und hier und da ragen struppige braune Zweige hervor. Der Himmel ist mattblau und von einer hauchzarten Wolkenschicht überzogen, durch die sanftes Sonnenlicht sickert. Alles wirkt total friedlich.

Plötzlich schlägt eine Tür zu, so heftig, dass die Wände beben. Dann schreit jemand: »Mama, ich will weg von hier! Ich will SOFORT wieder nach Hause!«

Die Stimme klingt grell und unbeherrscht, und ich weiß sofort, wem sie gehört: meiner allerliebsten Lieblingscousine Klarissa!

Im ersten Moment fällt mir ein Stein vom Herzen. Im nächsten wird mir klar, dass jetzt alles nur noch komplizierter werden wird. Vielleicht sollte ich doch versuchen, zumindest Mama in unser Geheimnis einzuweihen. Natürlich wird sie sich furchtbar darüber aufregen, dass Sünje und ich nachts in der Gegend herumgeschlichen sind, ein Gespräch unter Erwachsenen belauscht und in Sandrinas Koffer herumgekramt haben, aber … Nein! Nein! Nein!

»Vergiss es, Leonie«, murmele ich.

Meine Mutter in die Sache einzuweihen, würde bedeuten, Sünje in den Rücken zu fallen. Schließlich musste ich meiner Cousine hoch und heilig versprechen, mit niemandem darüber zu reden. Nicht einmal mit Anna-Sophia, Gonne oder Ludvig. – Ha! Als ob ich ausgerechnet *dem* gegenüber auch nur ein Wort verlieren würde!

Energisch klopfe ich mein Kissen zurecht und ziehe die Bettdecke darüber, dann schnappe ich mir meine Klamotten und husche ins Bad.

Ich habe gerade die Tür hinter mir geschlossen und meine Pyjamahose ausgezogen, als ein Tumult losbricht. Fußgetrappel, wütendes Hundegebell und hysterisches »Hilfe«-Gebrüll schallen zu mir herauf. Aha. Kowalsky muss ins Haus gelangt sein, hat sich wahrscheinlich sofort auf Klarissa gestürzt (was ich an seiner Stelle auch getan hätte) und die wähnt sich nun in Lebensgefahr. Das würde zumindest zu ihr passen. Meine liebe Stuttgarter Cousine hat nämlich schon immer maßlos übertrieben.

Aber gut, solange ich mich hier oben in Sicherheit befinde und mit all dem nichts zu tun habe, soll sie meinetwegen ihre Show abziehen.

Das heißt – Moment mal –, habe ich die Tür überhaupt abgeschlossen?

Panisch fliegt mein Blick zwischen der Klinke und der Pyjamahose, die ich einfach zu Boden habe fallen lassen, hin und her. Ehe ich danach greifen kann, wird die Tür aufgestoßen und ein pinkfarbenes Etwas mit langen blonden Locken und angstverzerrtem Gesicht stürzt auf mich zu. – Klarissa, wie sie leibt und lebt!

»Hiiilfe!«, kreischt sie, klammert sich an meinem Rücken fest und reißt die Beine hoch.

Nur eine Sekunde später stürmt Kowalsky herein und beginnt, laut bellend um uns herumzuspringen.

»Tritt ihn weg! Tritt ihn weg!«, zetert Klarissa, zappelt mit den Füßen und drückt mir wie eine Bekloppte die Kehle zu.

Bist du bescheuert?, will ich rufen, doch aus meinem Mund dringt nur ein kaum hörbares und äußerst jämmerliches »Äkrchtz!«

Ich bekomme kaum noch Luft. Wenn Klarissa mich nicht sofort loslässt, werde ich ersticken, und um das zu verhindern, kneife ich sie mit aller Kraft in die Oberschenkel.

Meine Cousine brüllt so laut los, als hätte Kowalsky sie in den Hintern gebissen, und umklammert meinen Hals jetzt nur umso fester.

»Was ist denn da oben los?«, höre ich Papa donnern

und Onkel Olaf schreit: »Wer, zum Teufel, hat den Hund ins Haus gelassen?«

Etliche Stimmen rufen durcheinander, jemand lacht und wieder ertönen stampfende Schritte auf der Treppe.

Ich muss über keinen überdurchschnittlich hohen Intelligenzquotienten verfügen, um mir ausmalen zu können, dass ich mich mit meiner heruntergelassenen Pyjamahose jeden Augenblick einem größeren Publikum präsentieren werde.

Mit letzter Kraft stoße ich die Tür zu, drehe mich um hundertachtzig Grad und lasse mich mit Klarissa auf meinem Rücken dagegen fallen.

»Bist du verrückt geworden!«, faucht sie. »Du quetschst mich ja tot.«

Frag mich mal, denke ich und jaule gequält auf.

Kowalsky scheint meine missliche Lage erkannt zu haben, denn nun springt er vor mir auf und ab und versucht, mir mit seiner Zunge übers Gesicht zu lecken.

»Iiiih!«, kreischt Klarissa und zappelt noch wilder mit den Füßen. »Das ist ja ekelhaft! Tritt ihn gefälligst weg!«

Ihr warmer schnaufender Atem streicht mir über die Wange und ein Duftgemisch aus Leberwurst und Pfefferminzzahnpasta steigt mir in die Nase.

Ich hasse Leberwurst! Allein bei dem Gedanken an ihre Konsistenz und die unappetitliche Farbe könnte ich mich übergeben. Und schon fängt mein Magen an zu rebellieren. Mir wird schwarz vor Augen und meine Knie geben nach. Langsam rutsche ich zu Boden.

»Nein! Hilfe, neiiin!«, schreit Klarissa.

Das Trommelfell in meinem rechten Ohr fängt an zu vibrieren. Wahrscheinlich bin ich gleich nicht nur tot, sondern auch noch taub. Aber was soll's? Mittlerweile fühle ich mich so kotzsterbenselend, dass mir alles egal ist.

Kowalsky kläfft wie ein Irrer. Er schnappt nach Klarissas Arm und zerrt an ihrem Pulliärmel – und endlich, endlich lässt sie mich los.

Sie verpasst mir einen kräftigen Schubs gegen die Schulter, zwängt sich zwischen mir und der Tür hervor und flüchtet in die Badewanne. Kowalsky setzt sofort hinterher.

Das Geschrei und Gebell werden immer lauter.

»Leonie?«, höre ich Papa von draußen rufen. »Klarissa? Alles in Ordnung mit euch?«, fragt er und klopft energisch an die Tür.

»Der Köter hat mich gebissen!«, jault Klarissa. »Er bringt mich um.«

»Gar nicht wahr«, stöhne ich und fange an zu husten. Mühsam rappele ich mich auf und stütze mich an der Badezimmertür ab.

Mein Blick fällt auf meine nackten Beine und mit einem Schlag löst sich das Alles-egal-Gefühl in Luft auf.

»Papa, du kannst jetzt nicht reinkommen«, krächze ich, taste nach dem Schlüssel und drehe ihn mit zitternden Fingern um. »Niemand kann jetzt reinkommen.«

»ABER ICH WILL SOFORT HIER RAUS!«, brüllt Klarissa.

Sie hat sich auf den Badewannenrand gestellt und

krallt sich nun mit beiden Händen an der Duscharmatur fest.

»Gleich«, stöhne ich, schnappe mir meine Pyjamahose und stecke meine Füße hinein.

»Hiiiihhh!«, quiekt Klarissa. »Du hast ja gar keine Unterhose an!«

»Fällt dir das auch schon auf?«, brumme ich.

»Aber das ist unhygienisch!«

»Vor allem ist es peinlich«, murmele ich.

»Ich ziehe *immer* eine Unterhose unter meinen Pyjama«, verkündet Klarissa lautstark.

Kowalsky hat mittlerweile aufgehört zu bellen. Mit hechelnder Zunge sitzt er in der Badewanne und guckt mit großen Augen zu Klarissa auf.

»Meinetwegen kannst du auch mit einer Windel ins Bett gehen«, erwidere ich, torkele auf die Badezimmertür zu und öffne sie.

Im Flur stehen Papa, Onkel Olaf und Tante Sybille und sehen mir mit besorgter Miene entgegen.

»Alles in Ordnung?«, fragt Papa noch einmal. »Du siehst so blass aus.« Er kneift die Augen zusammen. »Was hast du denn da an deinem Hals?«

»Nichts weiter«, gebe ich abwinkend zurück. »Klarissa hätte mich nur fast erwürgt.«

»Was erzählst du denn für Geschichten?«, entgegnet Tante Sybille kopfschüttelnd. »So etwas würden meine Kinder niemals tun.« Sie drängt meinen Vater energisch zur Seite und zwängt sich an mir vorbei ins Bad. Als sie Kowalsky in der Badewanne und ihre Tochter auf dem

Wannenrand sieht, stößt sie einen Schrei aus. »Oh Gott, mein Schatz, sei bloß vorsichtig!«

Wie auf Kommando fängt Klarissa wieder an zu jammern.

»Mamaaa!«, plärrt sie. »Dieser schreckliche Hund hat mich gebissen! Onkel Olaf muss ihn einschläfern.«

Wie bitte? Das darf ja wohl nicht wahr sein!

»Er hat sie doch bloß am Ärmel gezupft«, sage ich empört.

»Wuff!«, meldet Kowalsky, als wollte er meine Aussage bestätigen. »Wuff! Wuff! Wuff!«

»Zumindest braucht er einen Maulkorb«, erwidert Tante Sybille. »Außerdem werde ich dafür sorgen, dass er angebunden wird.« Sie mustert Kowalsky mit geschürzten Lippen und macht schließlich einen beherzten Schritt auf die Badewanne zu. »Und jetzt komm, Prinzessin, lass mich dir da runterhelfen.«

Sie umfasst die Hüften ihrer Tochter mit festem Griff und meine Cousine löst ihre Hände zögernd von der Duscharmatur. Dabei behält Klarissa den Hund, der wie der Friedensengel höchstpersönlich in der Badewanne sitzt, misstrauisch im Blick, achtet aber dummerweise nicht auf ihre Füße. Sie rutscht ab und landet eine Schrecksekunde später mit dem Hintern auf dem Wannenrand.

»Aoaaah!«, jault Klarissa, Kowalsky fängt wieder an zu bellen, und ich flüchte mich, so schnell ich kann, in den Flur.

»Ich möchte, dass du diesen Köter auf der Stelle an die Kette legst«, keift Tante Sybille.

»Das werde ich ganz bestimmt nicht tun«, entgegnet Onkel Olaf gelassen. »Ich weiß, dass du den Umgang mit Tieren nicht gewohnt bist und deshalb vielleicht nicht verstehst, dass Kowalsky ein ausgesprochen kluger Hirtenhund ist, der meinen Befehlen folgt und …«

»*Das* habe ich gesehen!«, fällt Tante Sybille ihm wutschnaubend ins Wort, doch Onkel Olaf zuckt nur mit den Schultern.

»Wie ich schon sagte: Kowalsky ist ein Hütehund. Und die sind leider nicht immer schussfest.«

Tante Sybille stößt einen Schwall Luft aus. »Was soll das denn heißen?«, blafft sie ihren Schwager an.

»Ich glaube nicht, dass ich dir das erklären muss«, meint Onkel Olaf. Um seine Lippen zuckt es, und mir wird klar, dass auch er ziemlich sauer ist.

Eigentlich wollte ich längst in Sünjes Zimmer abgetaucht sein, aber jetzt möchte ich doch wissen, wie dieses Drama wohl zu Ende geht.

Und es scheint nicht nur mich zu interessieren.

Auch Mama, Onkel Rainer (der selbst in Jeans und mit offenem Hemdkragen wie ein Buchhalter aussieht), Tante Ulla, Gonne, Finn, Sünje und Malte haben sich wie die Orgelpfeifen im Flur aufgestellt und verfolgen mit Spannung die Auseinandersetzung zwischen Onkel Olaf und Tante Sybille. Sogar Anna-Sophia ist dabei: frisch geduscht, ungeschminkt und in einem übergroßen weißen T-Shirt, auf dem ein finster dreinschauender Typ mit langen schwarzen Haaren, Bart und Baskenmütze abgebildet ist.

Die Einzigen, die fehlen, sind Oma Grizabella, Onkel Lothar und seine holde Sandrina. – Und Ludvig. Aber der hat hier ja nun wirklich nichts verloren!

»Wenn Kai seine Böller bis Silvester behalten will, sollte er sich hüten, noch einen einzigen davon abzufeuern«, sagt Onkel Olaf scharf.

Ich pfeife leise durch die Zähne. Da also liegt der Hase im Pfeffer! Wie hatte ich Klarissas großen Bruder Kai nur vergessen können! Wahrscheinlich hat es damit zu tun, dass mich dieser dicke, blasse Junge stets noch weniger interessiert hat als seine Schwester.

»Na, ich bitte dich!«, bläst Tante Sybille sich auf. »Du weißt doch, wie die Bengel sind. Oder hast du in jungen Jahren etwa nicht mit Knallkörpern gespielt?«

»Natürlich habe ich das«, erwidert Onkel Olaf. »Mir wäre allerdings niemals eingefallen, sie einem anderen Lebewesen vor die Füße zu werfen.«

Jede Menge Zündstoff

Kai ist noch fetter als vor drei Jahren. Wie ein riesiger lebendiger Hinkelstein thront er zwischen seinen Eltern und seiner Schwester am Frühstückstisch und schiebt sich einen Nutellatoast nach dem anderen in den Mund. Klarissa wirkt neben ihm wie ein Strich in der Landschaft.

»Wo ist eigentlich Ludvig?«, will sie wissen, nachdem sie uns einen nach dem anderen eingehend gemustert hat.

Niemand antwortet ihr. Ich nicht, weil ich es nicht weiß und es mich auch nicht interessiert, und die anderen am Tisch scheinen ihren eigenen Gedanken nachzuhängen. Ohnehin ist die Stimmung nach der Aufregung von heute früh ziemlich hinüber.

Beim Tischdecken hat Sünje mir die ganze Geschichte erzählt, wie Kai gleich nach ihrer Ankunft eine Matte Lady-Cracker gezündet und Kowalsky vor die Füße geworfen hat. Der arme Kerl ist total ausgeflippt und als Erstes auf Klarissa losgegangen, die daraufhin einen Veitstanz aufgeführt und sich schließlich ins Haus geflüchtet hat.

Außer Kai und Onkel Rainer hat das niemand lustig gefunden, am allerwenigsten Onkel Olaf. Vor dem Frühstück hat er Kai sogar angedroht, seinen gesamten Böllervorrat eigenhändig in der Nordsee zu versenken, falls dieser es wagen sollte, noch einmal auch nur einen einzigen davon abzufeuern.

Kai hat sich das in aller Seelenruhe angehört und meinem Onkel eine lange Nase gemacht, nachdem der sich von ihm abgewandt hatte. Tante Sybille und Onkel Rainer haben es gesehen, aber nichts dazu gesagt. Für sie sind Kai und Klarissa offenbar Heilige.

»Hallo!«, ruft Klarissa jetzt, und um sich diesmal auch wirklich Gehör zu verschaffen, klopft sie mit der Messerspitze auf ihrem Teller herum. – Kläng! Kläng! Kläng! Kläng! Kläng!

»Kann mir mal jemand sagen, wo Ludvig ist?«

»Warum willst du das denn wissen, Prinzessin?«, flötet Tante Sybille.

»Weil ich ihn süß finde«, flötet Klarissa zurück.

»*Was*?«, stößt Gonne aus und Finn hält sich prustend die Hand vor den Mund.

»Ich möchte mich mit ihm anfreunden«, setzt Klarissa gleichmütig hinzu. »Also nichts, was *ihr* vielleicht denkt.«

»Recht hast du«, pflichtet Oma Grizabella ihr augenzwinkernd bei. »Diese Dinge sollte man niemals überstürzen.«

Die holde Sandrina reckt pikiert ihr Kinn in die Höhe.

Auch heute trägt sie wieder ein weit ausgeschnittenes Kleid. Es ist leuchtend orange und hat eine große Schleife auf der rechten Schulter. Unmöglich, sie darin zu übersehen. Die Sache mit dem Loch hat sich also erübrigt.

Onkel Lothar wischt sich mit dem Serviettenzipfel die Mundwinkel aus.

»Würdest du uns bitte erklären, wie du das meinst, Mutter?«, fordert er Oma Grizabella auf.

»Was gibt es da groß zu erklären?«, mischt Tante Sybille sich ein. »Ohnehin ist unsere kleine Prinzessin noch viel zu jung für *diese Dinge*.«

»Ich hab aber schon geküsst«, verkündet Klarissa, während sie ihren Marmeladentoast auf dem Teller hin und her dreht. »Zum Beispiel den Lukas.« Sie legt ihren Kopf ein wenig schief und zieht eine Schnute. »Und den Tom. Aber mit dem Lukas war's besser.« Klarissa nickt zur Bekräftigung. Dann nimmt sie ihren Toast, beißt hastig hinein und zieht kichernd ihre Schultern hoch.

Gonne, Finn und Malte starren sie kauend an.

»Küsst du mich auch mal?«, fragt Malte, nachdem er einen tiefen Seufzer getan hat.

»So weit kommt das noch«, brummt Tante Sybille.

»Sehr viel aufregender als mit Tom oder Lukas wird es wohl kaum werden«, bemerkt Papa beiläufig, woraufhin Tante Sybille fast einen Atemstillstand bekommt und Onkel Rainer sich ein wenig nervös über den schnurgerade gezogenen Seitenscheitel streicht.

Malte guckt mit geblähten Backen in die Runde, schließlich deutet er nacheinander auf alle weiblichen Personen am Esstisch.

»Klarissa ist am allerschönsten«, sagt er. »Sandrina ist auch schön, aber die ist doof.«

Jetzt stockt mir ebenfalls der Atem. Sünje unterdrückt

ein Kichern und Finn lacht laut heraus. Aus dem Augenwinkel bemerke ich, dass Gonne verstohlen den Daumen in die Höhe reckt und Anna-Sophia ihm daraufhin ein ebenso verstohlenes Grinsen schenkt.

Onkel Lothar schießt von seinem Stuhl hoch und richtet seinen Zeigefinger auf Onkel Olaf.

»Lieber Schwager«, presst er hervor und jetzt tippt er mit dem Finger nachdrücklich auf der Tischplatte herum. »Ich verlange, dass dein offensichtlich etwas nachlässig erzogener Sohn umgehend diesen Tisch verlässt.«

»Das kommt überhaupt nicht infrage«, mischt Tante Ulla sich ein. »Malte ist doch noch ein Kind.«

»Was keine Entschuldigung dafür ist, dass er sich nicht zu benehmen weiß«, blafft Onkel Lothar in ihre Richtung.

»Jetzt spiel dich mal nicht so auf«, meldet sich Oma Grizabella zu Wort. »Der Junge ist wenigstens ehrlich.«

»Wie darf ich das verstehen?«, fragt Onkel Lothar gereizt.

»Nun. Als du in Maltes Alter warst, hast du dein Herz jedenfalls auch noch auf der Zunge getragen«, erwidert Oma Grizabella. »Was mir im Übrigen wesentlich besser gefallen hat.«

Onkel Lothar zieht geräuschvoll Luft in seine Lungen.

»Das muss ich mir nicht sagen lassen«, zischt er.

»Zu spät«, bemerkt Finn. »Du hast es ja schon gehört. Oder willst du es dir jetzt etwa aus den Ohren pulen und Oma Grizabella zurückgeben?«

Meine Großmutter nickt ihm lächelnd zu. »Du bist ein sehr kluger Junge«, lobt sie Finn. »Und jetzt möchte ich bitte ins Gästehaus hinübergebracht werden. Ich fühle mich nämlich etwas erschöpft.«

»Aber, Mutter ...« Tante Ulla steht zögernd auf. »Hast du denn nicht gut geschlafen?«

»Keine Sorge, mein Kind, das habe ich«, beruhigt Oma Grizabella sie. »Deine Gästebetten sind ganz wunderbar und die gute Luft und die Stille hier tragen wirklich sehr zur Erholung bei. Ich finde nur unsere vorweihnachtlichen Tischgespräche ein wenig anstrengend.«

Betroffen tauschen Mama und Papa einen Blick. Tante Sybille räuspert sich ein paarmal und bemüht sich angestrengt, so zu tun, als ob sie Oma Grizabellas letzte Bemerkung nicht gehört hätte. Der Löffel, mit dem sie gerade die Spitze ihres Frühstückseis abheben will, zittert in ihrer Hand. Onkel Rainer und Kai dagegen essen völlig ungerührt weiter. Und die holde Sandrina sitzt noch immer mit beleidigtem Gesichtsausdruck und wie zur Schaufensterpuppe erstarrt da.

»Ach, Omilein, wieso denn?«, erkundigt Klarissa sich mit einem scheinheiligen Lächeln, während Sünje, Gonne und ich unbehaglich auf unseren Stühlen hin und her rutschen.

Meine Großmutter antwortet nicht, sondern sieht Tante Ulla nur bittend an. Sie wirkt noch kleiner und schutzbedürftiger als gestern, und nun, da ich den Inhalt von Sandrinas Koffer kenne, würde ich am liebsten sofort alles laut herausposaunen. Sünje scheint meine Gedanken zu erraten und sieht mich mit großen Augen kopfschüttelnd an.

»Also, ich verstehe dich sehr gut«, sagt Gonne schließlich und steht nun ebenfalls auf. »Ich finde es zwar schade, dass du nicht mit uns zu Ende frühstücken magst, aber ich fahre dich natürlich gern rüber, wenn du darauf bestehst.« Er schaut kurz zwischen seinen Eltern hin und her und setzt sich dann in Bewegung. »Und wenn es sonst keiner macht«, fügt er nach einer Pause hinzu.

Anna-Sophia schnellt hoch. »Ich komme mit!«, ruft sie. »Wir können ja zu dritt in Oma Grizabellas Zimmer weiterfrühstücken.«

Wow! Nie und nimmer hätte ich gedacht, so etwas jemals aus dem Mund meiner Schwester zu vernehmen. Die ist ja kaum wiederzuerkennen. Keine Ahnung, was Gonne mit ihr angestellt hat, auf jeden Fall scheint er einen guten Einfluss auf sie zu haben.

»Ihr bleibt hier!«, donnert Onkel Lothar so laut, dass Anna-Sophia unwillkürlich auf ihren Stuhl zurückplumpst und Tante Sybille das wabbelige Eiweiß vom Löffel fällt, das sie sich gerade in den Mund schieben wollte. »Alle drei!« Onkel Lothar holt einmal tief Luft und fährt danach mit etwas leiserer Stimme fort: »Dies ist ein Familienfest. Ich habe nicht nur Sybilles und Rainers Anreise bezahlt, sondern jede einzelne Wurstscheibe, die sich auf diesem Tisch befindet. Ich erstatte Ulla sogar den Ausfall der vier Gästezimmer …«

»Darum hat dich niemand gebeten«, fällt Onkel Olaf ihm ins Wort.

»Also, wir fanden es sehr großzügig und haben es ausgesprochen gern in Anspruch genommen«, sagt Onkel Rainer.

»Wie auch immer«, wirft Papa ein. »Es berechtigt Lothar nicht, über sämtliche Abläufe zu bestimmen und über jeden Einzelnen von uns nach Belieben zu verfügen.«

Onkel Olaf nickt. »Ganz deiner Meinung.«

»Schön, dass ihr euch einig seid«, kommt es von meiner Mutter. »Ich finde jedoch nicht, dass wir das hier und jetzt vor den Kindern ausdiskutieren sollten.«

»Gut, wenn das so ist, dann kümmere *ich* mich ab sofort um die Dekoration«, sagt Tante Sybille unvermittelt und deutet auf den Adventskranz. »Lasst mich nur machen: Ein paar Goldkugeln und ein wenig Engelshaar werden ihn in ganz neuem Licht erstrahlen lassen«, setzt sie mit einem zufriedenen Lächeln hinzu.

Alle starren sie an. Sogar durch die holde Sandrina geht ein Ruck.

»Fein«, bemerkt Tante Ulla eisig. »Damit wären dann ja wohl alle Probleme gelöst.«

»Das behaupte ich doch gar nicht«, entgegnet Tante Sybille eingeschnappt. »Allerdings glaube ich schon, dass es einen guten Einfluss auf die allgemeine Stimmung hätte, wenn das Ambiente im Haus ein wenig weihnachtlicher wäre. Und dazu kann ich sicher einen guten Teil beitragen.«

»Oh ja, natürlich.« Tante Ulla zieht angesäuert die Mundwinkel ein. »Was das betrifft, bist du schließlich eine ausgemachte Expertin.«

»Da hast du recht«, pflichtet Onkel Rainer ihr bei. »Für solche Dinge hat die Sybille ein Händchen.«

»Ach so, und der Umstand, dass es sich hier um Olafs und mein Zuhause handelt und wir Engelshaar und anderem Glitzerkram nichts abgewinnen können, ist dabei selbstverständlich zweitrangig«, gibt Tante Ulla gepresst zurück.

Der herzliche Ausdruck, der bei unserer Ankunft gestern noch in ihrem Gesicht lag, ist komplett verschwunden. Ihre Unterlippe bebt und auf ihren Wangen haben sich rote Flecken gebildet. Tante Ulla sieht aus wie eine Bombe, die jeden Augenblick zu explodieren droht. Dass sie ihre Kinder dazu angehalten hat, sich mit allen zu vertragen, scheint sie komplett vergessen zu haben.

»Vielleicht gäbe es ja eine Möglichkeit, sich irgendwie zu einigen«, versucht Papa zu schlichten. »Wenn Sybille sich beispielsweise um den Adventskranz und die Tischdeko kümmern würde und du, Ulla, um den Weihnachtsbaum«, schlägt er vor, aber Tante Sybille fährt sofort dazwischen.

»Auf eine solche Idee kannst wirklich nur du kommen«, blafft sie meinen Vater an. »Unsere große Schwester hat doch überhaupt kei… äh, einen völlig anderen Geschmack.«

»Eben«, bestätigt Onkel Rainer. »Und deshalb sollten wir uns da besser raushalten … wir Männer.«

Er hebt kurz den Blick, zwinkert Papa etwas linkisch zu und widmet sich dann mit voller Aufmerksamkeit der Wurstplatte.

Sünje und ich sehen uns an und schütteln kaum merklich den Kopf. Bestimmt wäre es für alle das Beste gewesen, wenn unsere Stuttgarter Verwandtschaft auf ihren Besuch verzichtet hätte. Im Augenblick kann ich mir jedenfalls nicht vorstellen, dass dieses Weihnachtsfest auch nur annähernd weihnachtlich verlaufen wird – von der Geschichte, die Onkel Lothar und die holde Sandrina ausbrüten, mal ganz abgesehen. Ich verstehe einfach nicht, wie erwachsene Leute sich so aufführen können!

Okay, Louisa und ich streiten uns auch hin und wieder um irgendwelchen Pipikram. Und zwischen Anna-Sophia und mir herrscht nun wirklich nicht immer eitel Sonnenschein, aber so kindisch wie zwischen Tante Ulla und Tante Sybille geht es bei uns kaum zu.

»Ich finde euer Gespräch total blöd«, platzt es aus Klarissa heraus und damit spricht sie mir zum ersten Mal aus der Seele. »Eigentlich wollte ich nämlich wissen, wo Ludvig ist. Ich meine, irgendwo muss er doch sein.«

Im nächsten Moment fliegt etwas quer über den Tisch. Es ist klein und rot und landet nur einen Wimpernschlag später im Dekolleté der holden Sandrina.

Ein erstickter Aufschrei dringt aus ihrer Kehle. Die Scheibe Bierschinken, die Onkel Rainer gerade mit seiner Gabel von der Wurstplatte fischen wollte, verharrt wabbelnd in der Luft. Alle glotzen die holde Sandrina an, die völlig reglos und mit weit aufgerissenem Mund auf ihrem Platz sitzt.

Aus dem Augenwinkel bemerke ich, wie Kai hastig

einen Teelöffel unter dem Tisch verschwinden lässt. Auf seinem Teller liegt eine einsame halbierte Cherrytomate.

»Ganz bezaubernd, dein Kleid«, sagt Oma Grizabella. »Wirklich ganz bezaubernd. Bloß eine Idee zu tief ausgeschnitten.«

Ein paar Sekunden lang herrscht unheilvolle Stille, dann poltert Onkel Lothar los. Er schreit irre laut und verfällt zwischendurch immer wieder in Schnappatmung, sodass ich kaum einen ganzen Satz verstehe. Es geht um Undankbarkeit, Respektlosigkeit und die Unfähigkeit, seine Kinder zu erziehen.

Alle senken betreten die Köpfe. Obwohl ich mich für gar nichts verantwortlich fühle, ziehe auch ich meinen Hals immer weiter ein.

Die Einzige, die sich mit jedem Wort, das Onkel Lothar aus dem Mund fährt, Zentimeter für Zentimeter aufrichtet, ist die holde Sandrina. Wie die Queen von Hallig Hilsum blickt sie auf uns herab, während die halbe Cherrytomate langsam an ihrem Busen hinabrutscht und im Ausschnitt ihres ach so bezaubernden Kleides verschwindet.

Als Onkel Lothar mit seinem Vortrag fertig ist, stellt sich abermals angespannte Stille ein. Nach einer Weile fällt die Scheibe Bierschinken von Onkel Rainers Gabel auf seinen Teller. Er zerrt sie auf sein Brot und fängt hektisch an zu essen.

»Okay.« Gonne schaut Anna-Sophia fragend an. »Sollen wir dann?«

»Ich bitte darum«, sagt Oma Grizabella.

Sie ist aschfahl im Gesicht und ihre Stimme klingt schrecklich dünn.

Ihr Anblick jagt mir einen Stich ins Herz, und ich bin kurz davor, ebenfalls aufzuspringen, mir mein Frühstücksgeschirr zu schnappen und sie, Gonne und Anna-Sophia ins Gästehaus zu begleiten, doch da spüre ich Sünjes Hand auf meinem Oberschenkel.

»Ich weiß, wo Ludvig steckt«, raunt sie mir zu. »Und eins sag ich dir: Von Klarissa lässt der sich ganz bestimmt nicht küssen.«

Es ist nicht Ludvig, der mich interessiert, sondern die Geheimniskrämerei, die Sünje um ihn macht. Bis nach dem Frühstück hüllt sie sich in Schweigen – so, wie alle anderen auch. Selbst Malte gibt keinen Pieps mehr von sich, sondern knabbert lustlos an seinem Salamibrot und lässt am Ende sogar die Hälfte davon liegen.

Sünje, Finn und ich decken den Tisch ab, räumen Geschirr und Besteck in die Spülmaschine und schalten sie ein. Mama und Tante Ulla kümmern sich um die Kühlschranksachen. Hin und wieder tauschen sie einen Blick, wechseln aber nicht ein einziges Wort miteinander.

»Wetten, dass da drin jetzt die Post abgeht«, sagt Sünje und deutet über ihre Schulter auf die Haustür, die vor drei Sekunden hinter uns ins Schloss gefallen ist. »Die haben doch nur darauf gewartet, dass wir uns verdünnisieren.«

»Ich werde mit meiner Mutter reden«, entgegne ich, während ich mir die Anorak-Kapuze überstülpe und meinen Schal noch etwas fester zurre.

Die Luft ist klar und der Himmel hellblau und sonnig, aber von Osten weht ein eiskalter Wind herüber, der mir in die Ärmelsäume und den Jackenkragen zu kriechen versucht.

»Das bringt doch nichts«, brummt Sünje und schlägt, ohne zu zögern, den Weg zum Gästehaus ein.

»Ich finde trotzdem, dass sie es wissen sollte«, beharre ich. »Und deine auch.«

»Meine Mutter hat genug mit Tante Sybille zu tun«, brummt Sünje. »Außerdem wird Onkel Lothar früher oder später sowieso mit der Sprache herausrücken.«

»Es sei denn, er weiß überhaupt nichts davon.«

Sünje bleibt mit einem Ruck stehen und schlägt sich mit der Hand gegen die Stirn.

»Verdammte Hacke!«, platzt es aus ihr heraus. »Da könntest du recht haben.«

Allerdings! Wenn ich nämlich das Streitgespräch der vergangenen Nacht zwischen ihm und seiner angebeteten orangeroten Cherrytomate noch einmal Revue passieren lasse, erscheint es mir mehr als logisch, dass Onkel Lothar nicht die leiseste Ahnung hat, was diese in ihrem riesigen Hartschalenkoffer transportiert. Wahrscheinlich hält er es für einen weiteren Teil ihrer Grundgarderobe oder er vermutet ein monströses Weihnachtsgeschenk für sich darin. Das würde jedenfalls erklären, wieso die holde Sandrina den Koffer selber treppauf, treppab über den Deich schleppen wollte. – Und dies wiederum leuchtet auch Sünje sofort ein.

»Schisstemiste«, murmelt sie. »Was machen wir jetzt bloß? Wenn wir das unseren Eltern verklickern und die damit zu Onkel Lothar gehen, ist unser schönes Familienweihnachtsfest endgültig gelaufen.«

»Schön?«, frage ich stirnrunzelnd.

Je länger ich hier bin, desto bewusster wird mir, dass ich auf dieses ganze Theater wirklich gut hätte verzichten können. Wie gerne wäre ich jetzt daheim, würde dort meinen Geburtstag feiern und mit Louisa im hügeligen Thüringer Wald zum Rodeln fahren!

»Na ja ...« Sünje macht eine abwehrende Geste und setzt sich dabei langsam in Bewegung. »Schön ist vielleicht was anderes. Trotzdem bin ich froh, dass ihr hergekommen seid ... zumindest du und Oma Grizabella und so. Gerade die Winterferien können hier ziemlich öde sein.«

Prompt fällt mir ein, was Sünje gestern über ihr Leben auf dieser Hallig erzählt hat und dass sie sich manchmal ganz schön einsam fühlt.

»Ich weiß«, sage ich beklommen »Mit *dir* bin ich ja auch gern zusammen«, betone ich, obwohl es nicht zu hundert Prozent den Tatsachen entspricht. Sünje entscheidet einfach zu viele Dinge allein und stellt mich ständig vor vollendete Tatsachen. So wie jetzt wieder. Offenbar setzt sie es als vollkommen selbstverständlich voraus, dass ich ihr auf Schritt und Tritt folge, wie ein Hund.

»Echt?« Sünjes blaue Augen strahlen mit dem blauen

Himmel über uns um die Wette. »Du bist wirklich gern mit mir zusammen?«

»Klar«, sage ich schulterzuckend.

»Wow!« Meine Cousine richtet ihr Gesicht in die Sonne und stößt einen Jubelruf aus. »Das hat mir noch keiner gesagt.«

Verdammt! Und schon fühle ich mich mies.

»Nicht mal Ludvig«, fügt Sünje augenzwinkernd hinzu, und jetzt bin ich diejenige, die auf der Stelle stehen bleibt.

»Dann seid ihr also doch befreundet!«

»Ja, sind wir«, gibt sie zu. »Einerseits. Andererseits aber auch nicht.«

»Tut mir leid, das ist mir zu hoch«, gebe ich zurück.

»Geküsst hat er mich jedenfalls nicht«, erwidert Sünje. »Das war geschwindelt.«

Na toll!

»Bevor du dich aufregst, sag ich dir was: Es gab mal eine Zeit, da habe ich es mir gewünscht. Mittlerweile ist es nicht mehr so.«

»Wieso erzählst du mir das?«, brumme ich.

»Weil Ludvig einen Narren an dir gefressen hat.«

»Was?»

Mein Herz macht einen Satz, und ich habe große Mühe, nicht knallrot anzulaufen.

»Dass er zu dir auf den Heuboden geht, war verabredet«, berichtet Sünje nun. »Ludvig hat mich gebeten …«

»Nein«, unterbreche ich sie. »Nein. Nein. Nein.«

Das glaube ich einfach nicht. Das ist doch bloß wieder

eins von ihren komischen Veräppelungsspielchen. Noch mal falle ich auf so etwas jedenfalls nicht herein.

»Du lügst«, presse ich hervor.

Sünje schüttelt den Kopf. »Tu ich nicht.«

»Du lügst, sobald du den Mund aufmachst!«

»Aber …«

Bestürzt sieht sie mich an.

Ich habe sie ertappt und das hat ihr ganz offensichtlich die Sprache verschlagen.

»Nichts aber«, knurre ich und laufe schnurstracks davon.

Der andere Ludvig

Weil ich ziemlich durcheinander bin, dauert es eine ganze Weile, bis ich kapiere, dass ich in genau dieselbe Richtung weiterrenne, die Sünje eben mit mir eingeschlagen hat.

Erst als ich vor der Eingangstür des Gästehauses stehe, komme ich wieder zu mir. Ich starre auf die Klinke und überlege, ob ich Oma Grizabella einen Besuch abstatten soll. Vielleicht wäre es das Beste, wenn ich direkt mit ihr über den Inhalt von Sandrinas Koffer rede. Immerhin geht es um sie, und deshalb hätte sie ein Recht darauf, von den Plänen ihrer zukünftigen Schwiegertochter zu erfahren.

Doch ebenso schnell, wie mir dieser Gedanke in den Kopf geschossen ist, wische ich ihn auch schon wieder beiseite. Das Gegenteil ist nämlich richtig: Oma Grizabella darf niemals davon erfahren, ich bin sicher, es würde ihr das Herz brechen.

Abgesehen davon fällt mir ein, dass Anna-Sophia und Gonne vermutlich noch immer bei ihr sind.

Also drehe ich mich um und spaziere langsam den Weg zurück. Von Sünje ist nichts mehr zu sehen. Bestimmt ist sie sauer auf mich, weil ich ihr Kontra gegeben habe. Damit hat sie garantiert nicht gerechnet. Na ja, vielleicht habe ich sie mit meinen Worten auch verletzt – obwohl ich das eigentlich gar nicht wollte. Ach herrje, es ist manchmal gar nicht so leicht, die Wahrheit zu sagen, ohne Schaden anzurichten.

Im Grunde mag ich Sünje so, wie sie ist. Meinetwegen muss sie sich nicht ändern. Nur anschwindeln sollte sie mich nicht mehr. Ich glaube, ich werde nachher noch mal mit ihr darüber reden müssen. Im Augenblick bin ich aber froh, dass ich meine Ruhe habe und ein bisschen für mich sein kann. Ich verspüre nicht einmal Lust, in den Schafstall zu gehen und nach Lädigaga und ihrem kleinen Bruder zu sehen.

Die Streitereien zwischen meinen Eltern und Onkeln und Tanten bedrücken mich, und ich wünschte, es wäre endlich Schluss damit. Noch mehr aber hoffe ich, dass die holde Sandrina ihren blöden Koffer gar nicht erst öffnet und sie und Onkel Lothar in vier Tagen unverrichteter Dinge wieder abreisen.

Ohne es zu merken, habe ich den Weg zwischen Wohn- und Gästehaus verlassen und finde mich nun mitten auf einer schneebedeckten Weide wieder. Ich schaue zurück und stelle fest, dass ein Teil der Umzäunung fehlt. Links von mir liegt das offene Meer, das in weiter Ferne mit dem Himmel zu verschmelzen scheint. Ich lasse meinen Blick über den Horizont gleiten und beschreibe dabei eine halbe Drehung. Jetzt fällt mein Blick aufs Festland – und auf den Leuchtturm, der still und stark wie ein Schutzpatron auf einer kleinen Erhebung steht.

»Da wohnst du also, du komischer Ludvig«, murmele ich. – Na, und wenn schon!

Abrupt reiße ich mich vom Anblick des Leuchtturms los, sause herum und erstarre vor Schreck. Denn da steht er, einen Kopf größer als ich, mit vor Kälte geröteten Wangen und leuchtenden Augen. – Ludvig!

»Verdammt!«, stoße ich aus. »Was fällt dir ein, mich schon wieder so zu erschrecken!« Ich habe ja nicht einmal den Schnee unter seinen Schritten knirschen gehört. »Was schleichst du hier eigentlich so herum?«

»'tschuldigung«, erwidert Ludvig schulterzuckend. »Ich weiß, das ist 'ne blöde Angewohnheit. Ich wollte dich gerade ansprechen. Aber dann habe ich gehört, was du vor dich hin gebrabbelt hast, und da dachte ich, ich mach mich besser gleich wieder aus dem Staub.«

Er bricht ab, zuckt noch einmal mit den Schultern und nagt dann auf seiner Unterlippe herum.

»Du meinst wohl aus dem Schnee«, witzele ich.

»Ja.« Ein Grinsen zupft an Ludvigs Mundwinkeln. »Genau das wollte ich sagen.«

»Es tut mir leid, aber …«, platzt es nun gleichzeitig aus uns heraus.

Wir sehen uns an und nun müssen wir beide grinsen.

»Du zuerst«, sagt Ludvig.

»Okay … also …« Ich betrachte die Spitzen seiner schwarzen Winterboots. »Eigentlich finde ich dich nicht komisch.«

»Hm«, macht Ludvig. »Aber *eigentlich* doch, oder?«

Jetzt bin ich diejenige, die mit den Schultern zuckt.

»Und du hast recht damit«, fährt Ludvig fort. »Ich bin komisch. Ich weiß einfach nicht, wie ich mich normal verhalten soll.«

Ich sehe ihm zaghaft in die Augen und schüttele den Kopf.

»Du spinnst.«

»Sag ich doch!«

Ludvig erwidert meinen Blick und plötzlich fühle ich mich unbehaglich. Am liebsten würde ich weglaufen, aber mindestens ebenso sehr will ich es nicht.

»Es tut mir leid, was letzte Nacht auf dem Heuboden passiert ist«, beginnt er noch einmal von vorn. »Ich wollte dich weder erschrecken noch mich über dich lustig machen oder dich … unschicklich anfassen.« Leise seufzend schließt er die Augen. »Vielleicht hat Sünje dir erzählt, dass sie und ich das so verabredet hatten …?«

So wie er es betont, klingt es wie eine Frage. Ich beschließe, ehrlich zu sein, und nicke zögernd, als er mich wieder ansieht.

Ludvig seufzt noch einmal.

»Alles hat wunderbar geklappt. Aber als ich dann vor dir stand, wusste ich nicht, worüber ich mit dir reden soll.«

»Du hast doch … mit mir geredet.«

»Jaaa, toll!« Ludvig verdreht die Augen. »Mein Lehrer hätte mir dafür eine Vier minus verpasst. Thema verfehlt.«

Ich blähe die Backen und überlege fieberhaft, was ich darauf antworten soll. Noch nie in meinem Leben habe ich ein solch seltsames Gespräch geführt.

»Ich mag dich«, sagt Ludvig. »Obwohl ich dich gar nicht richtig kenne. Am liebsten würde ich noch mal ganz von vorn anfangen.«

»Wie jetzt?«, frage ich irritiert.

»Na, ganz einfach«, erwidert er lächelnd. »Du gehst dreißig Schritte in Richtung Gästehaus zurück, zählst bis fünfzig und läufst dann langsam auf den Leuchtturm zu.«

»Das ist nicht dein Ernst.« Ich strecke meinen Arm aus und deute zum Festland hinüber. »Ich soll quer durchs Watt latschen und …«

»Tu's einfach und lass dich überraschen«, bittet Ludvig. »Ich hab so was schon mal in einem Film gesehen.«

»Aha«, sage ich unschlüssig.

»Keine Angst, ich verarsche dich nicht«, beteuert er.

»Pfff«, mache ich.

Irgendwie habe ich das dumme Gefühl, dass ich, seitdem ich auf dieser Hallig angekommen bin, nichts mehr selber entscheiden darf. Zuerst kommandiert Sünje mich herum und jetzt versucht Ludvig es ebenfalls.

»Und wenn ich nicht will?«

Ludvig macht einen langen Atemzug.

»Das könnte ich verstehen«, entgegnet er schließlich. »Allerdings fänd ich es verdammt schade.«

»Okay«, sage ich viel zu schnell, denn eigentlich hätte ich gerne noch kurz darüber nachgedacht.

»Cool«, meint Ludvig, und jetzt lächeln nicht nur seine Lippen, sondern auch seine Augen.

Anstatt dreißig gehe ich fünfunddreißig Schritte zurück, zähle dafür aber auch bloß bis fünfundvierzig. Mir ist klar, dass ich mich damit genauso verhalte wie Malte, als der die von Sünje gezogene Linie nicht akzeptieren wollte. Was ich gestern noch kindisch fand, verstehe ich heute nur allzu gut. Niemand hat Lust, sich ständig an die Anweisungen und Regeln zu halten, die andere einem vorgeben. Das gilt für Tante Ulla ebenso wie für Oma Grizabella, Malte oder mich.

»Du hättest Nein sagen können!«, weise ich mich zurecht und drehe mich um.

Von Ludvig fehlt jede Spur.

»Du könntest es immer noch«, sage ich leise.

»Ich will aber nicht«, entgegne ich und marschiere los.

Mit langen Schritten stapfe ich zur Weide zurück, halte mich dabei allerdings etwas mehr nach rechts und steuere auf den Leuchtturm zu.

Mein Weg führt mich durch eine sanfte Senke und über eine kleine Anhöhe direkt auf das Meer zu. Ich registriere eine einsame Bank, die aus zwei dicken Baumstümpfen und einem groben Brett gezimmert ist, und ein Stück weiter einen Wall aus Schnee und Eis.

Da die Bank leer ist, entscheide ich mich für den Wall.

Als ich nur noch ein paar Schritte von ihm entfernt bin, erkenne ich, dass es sich um eine zugeschneite Sandburg handelt, die jedoch schon ein wenig unter dem stürmischen Wetter gelitten hat. Ursprünglich muss sie mal vier Türme gehabt haben, eine Zugbrücke aus Schwemmholz und eine lange, gezackte Mauer rund um einen Innenhof herum.

Jetzt gibt es nur noch eine windschiefe Mauer ohne Zacken und den Innenhof. Mitten darin hockt Ludvig.

»Hey«, sage ich. »Wohnst du hier?«

Ludvig blickt auf. Seine Wangen sind noch roter als eben und seine Augen strahlen mich an.

»Oh!«, ruft er aus. »Besuch! Wie mich das freut! Es kommt so selten mal jemand vorbei, müssen Sie wissen.«

Sie?, denke ich und kichere in mich hinein. – Was für ein verrückter Kerl er doch ist!

»Ich fürchte, ich habe mich verirrt«, sage ich und bemühe mich, wie ein verzweifeltes Fräulein aus dem vorvorigen Jahrhundert zu wirken.

»Das nun wiederum, meine Gnädigste, passiert hier recht häufig«, erwidert Ludvig.

Er steht auf, tritt über die Burgmauer hinweg auf mich zu und streckt mir seine Hand entgegen. Als ich sie ergreife, verbeugt er sich und deutet einen Handkuss an. Danach lässt er mich sofort wieder los und macht eine ausholende Geste über die Hallig.

»Es ist sehr weitläufig hier, müssen Sie wissen, von daher dauert es eine Weile, bis man jeden Winkel kennt. Ich habe Wochen, wenn nicht Monate damit zugebracht«, erklärt er mir mit einem leisen Seufzen.

»So, so«, sage ich grinsend. »Dann sind Sie wohl gar nicht von hier?«

Ludvig schüttelt den Kopf. »Ursprünglich nicht. Nein.«

»Und wie lange leben Sie schon … ähm, in dieser Burg?«, erkundige ich mich und mache einen Knicks.

»Oh, schon seit über zwei Jahren«, entgegnet Ludvig. »Allerdings ist dieses bescheidene Bauwerk nur meine Sommerresidenz. Dass Sie mich heute hier antreffen, ist reiner Zufall. Ich wollte nämlich nur mal nach dem Rechten sehen.«

»Aha«, sage ich. »Verraten Sie mir denn auch, wo Sie im Winter wohnen?«

Er runzelt die Stirn. »Sofern es Sie tatsächlich interessiert …? Ich möchte nämlich auf keinen Fall aufdringlich sein.«

»Aber natürlich«, bekräftige ich. »Es interessiert mich sogar sehr!«

Ludvig schenkt mir ein breites Lächeln.

»Das ist wirklich ganz zauberhaft, meine Liebste.«

»Oh!«, stoße ich aus und kämpfe nach Leibeskräften gegen mein Erröten an. »Sind wir schon so weit?«

Sofort tritt Ludvig einen Schritt zurück. »Entschuldigen Sie bitte«, beeilt er sich zu entgegnen. »Da sind wohl die Pferde ein wenig mit mir durchgegangen.«

»Oh!«, sage ich noch einmal. »Sie besitzen ein Gestüt?«

»Nicht nur das, meine Werteste, nicht nur das. Ich darf sogar eine ganze Schafherde mein Eigen nennen. Wenn Sie gestatten …« Ludvig hält mir seinen Arm hin, damit ich mich bei ihm unterhaken kann. »Es wäre mir eine ganz besondere Ehre, wenn ich Sie ein wenig herumführen dürfte.«

»Das Angebot nehme ich gerne an«, entgegne ich,

während ich meine Hand sachte auf seinen Unterarm lege, dabei allerdings sorgsam darauf achte, dass ansonsten ausreichend Abstand zwischen uns bleibt.

Nicht dass mir dieses Spiel keinen Spaß machen würde. Im Gegenteil, ich finde es höchst amüsant. Ich möchte nur nicht, dass Ludvig auf dumme Gedanken kommt.

Ich finde ihn nett. Netter zumindest als gestern im Stall oder während unserer Begegnung auf dem Heuboden. Das heißt aber noch lange nicht, dass ich mit ihm befreundet sein will. Dafür müsste ich ihn nämlich erst einmal sehr viel besser kennenlernen.

Schweigend gehen wir ein paar Schritte bis zur Bank.

»Vielleicht möchten Sie ein wenig rasten?«, fragt Ludvig und mustert mich aufmerksam. »Das Gelände ist ziemlich unwegsam und das Voranschreiten äußerst ermüdend, nicht wahr?«

Ich lasse meinen Blick über den flachen Uferstreifen gleiten.

»In der Tat«, sage ich schlapp. »Ich bin schon ganz erschöpft.«

»Oh, das tut mir leid«, erwidert Ludvig. »Ich wollte Sie wirklich nicht überanstrengen. Bitte nehmen Sie doch Platz.«

Er wartet, bis ich mich auf der Bank niedergelassen habe, und setzt sich neben mich. Zwischen uns klafft eine Lücke von einem halben Meter.

Eine Weile hocken wir einfach so da, schauen aufs Watt, den Küstenstreifen und den Leuchtturm.

»Wissen Sie, vor einigen Jahren ist hier in der Nähe

ein schreckliches Unglück geschehen«, beginnt Ludvig schließlich.

Seine Stimme klingt nun viel rauer und die Worte kommen ihm nur stockend über die Lippen.

Augenblicklich schnürt sich mir der Magen zusammen. Jetzt wird es ernst, denke ich. Jetzt werde ich erfahren, warum Ludvig so ist, wie er ist. Und wieso Sünje nicht richtig mit ihm befreundet sein kann.

Ich würde gerne etwas sagen, aber ich weiß nicht, was. Außerdem käme wahrscheinlich sowieso nur ein unverständliches Krächzen aus meiner Kehle. Also warte ich mit klopfendem Herzen darauf, dass Ludvig von sich aus weitererzählt.

»Zwei Menschen sind beim Kitesurfen ertrunken«, presst er plötzlich heftig hervor.

Oje ... oje ... oje!

»Zwei Menschen ... die du kanntest?«, bringe ich mühsam heraus.

Mein Herz trommelt so fest, dass mir das Blut in den Ohren rauscht und mir fast ein bisschen schwindelig wird.

»Hmhm.« Ludvig nickt.

»D-deine Eltern?«, stammele ich.

»Jep.«

Ich hole tief Luft und nicke ebenfalls.

»Wohnst du deshalb bei deiner Tante?«

»Ja, tu ich«, sagt Ludvig und steht abrupt von der Bank auf. »Mein Vater war zwar ein guter Sportler, aber auch ziemlich leichtsinnig«, erzählt er, während er unruhig hin und her läuft und hektisch mit den Armen rudert, so als wollte er die dunklen Geister aus seiner Vergangenheit verscheuchen. »An dem Tag, als es passierte, muss es besonders stürmisch gewesen sein. Mein Pa ist voll in meine Ma reingebrettert. Mehr weiß ich nicht.« Er bleibt stehen, lässt die Arme sinken und sieht mich an. »Ich war erst drei Jahre alt und kann mich kaum noch an sie erinnern. Das ist das Schlimmste. Ich weiß nicht mal, ob ich sie lieb hatte.«

»Klar hattest du das«, sage ich. »Alle kleinen Kinder lieben ihre Eltern.«

Ludvig presst die Lippen zusammen. Nach ein paar quälend langen Atemzügen nickt er und wendet sich dem Leuchtturm zu.

»Seitdem wohne ich bei meiner Tante. Sie ist voll okay. Anfangs dachte ich sogar, sie wäre meine Mutter. Kleinkinderscheiß eben.«

»Vielleicht sah sie ihr ähnlich«, sage ich leise.

»Mhm. Tat sie. Trotzdem war was falsch.«

»Was meinst du damit?«

»Als ich ungefähr fünf war, dachte ich noch immer, dass sie meine Mutter wäre, dabei wusste ich tief in meinem Inneren, dass sie es gar nicht sein konnte«, erwidert Ludvig. »Das ist ungefähr so, als würde man sich selbst verarschen.«

»Vielleicht wollte dein Inneres dich ja bloß beschützen, weil es sonst zu sehr wehgetan hätte«, entgegne ich.

Ludvig steht stocksteif da, nur seine Beine zittern. Sie zittern so sehr, dass es sich auf seinen Rücken, seine Schultern und seine Arme überträgt.

»Es tut mir leid«, krächze ich.

Mein Magen ist mittlerweile so klein und hart wie ein Kieselstein, und bei jedem Atemzug habe ich das Gefühl, als würde mein Brustkorb auseinanderplatzen.

Ich würde Ludvig gerne trösten, aber ich weiß nicht, wie. Eigentlich mag ich mir auch gar nicht vorstellen, wie es ist, wenn die eigenen Eltern plötzlich nicht mehr da sind.

Es geht dich sowieso nichts an, versuche ich mir einzureden. Doch das klappt nicht.

Also stehe ich von der Bank auf.

Ich mache das ganz langsam und gehe dann noch langsamer auf ihn zu.

Ich berühre Ludvig so sachte am Arm, als würde ich ihn fast nicht berühren, aber ich merke sofort, dass er es trotzdem spürt.

»Es ist schrecklich, jemanden zu verlieren, den man nur vom Foto kennt«, stammelt er. »Den man nicht vermisst, obwohl er einem fehlt. Verstehst du das?«

»Glaub schon«, sage ich leise. »Irgendwie.«

Eine Zeit lang bleiben wir einfach so stehen, meine Finger an Ludvigs Winterjacke und unheimlich viel Stille um uns herum.

Plötzlich geht ein Ruck durch ihn hindurch.

»Es war mir eine Ehre, Sie kennenzulernen«, sagt Ludvig und seine Stimme klingt mit einem Mal wieder ganz fest. »Und es wäre mir eine Freude, wenn wir uns von nun an öfter treffen würden.«

Friede, Freude, Eierkuchen?

Sünje fängt mich am Gästehaus ab. In ihren Augen funkelt es erwartungsvoll. Davon, dass wir vorhin im Streit auseinandergegangen sind, lässt sie sich nicht die Spur anmerken.

»Und? Wie war's?«, will sie wissen.

»Was?«, frage ich betont gleichgültig, denn ich habe keine Lust, ihr von meinem Treffen mit Ludvig zu erzählen.

»Ach komm«, erwidert sie. »Jetzt tu mal nicht so. Ich weiß genau, dass du mit ihm gesprochen hast.«

Na toll! – »Hast du uns etwa beobachtet?«

»Ja.« Sünje sieht mich ein wenig zerknirscht an. Dann verdreht sie leise stöhnend die Augen. »Allerdings nicht nur ich.«

Das wird ja immer besser!

»Wer denn noch?«

»Dreimal darfst du raten!«

»Ganz bestimmt nicht«, gebe ich genervt zurück und mache Anstalten weiterzulaufen.

Da sehe ich, wie jemand hinter dem Haus hervorkommt und auf die halb eingezäunte Weide zurennt.

»Ludvig! Ludvig!«, ruft Klarissa und wedelt wie bescheuert mit den Armen. »Warte doch mal!«

»Ziege!«, knurre ich.

»Keine Sorge«, sagt Sünje und schlingt mir verschwörerisch ihren Arm um den Nacken. »Klarissa ist ganz sicher nicht sein Typ.«

»Mir doch egal«, brumme ich, mache mich los und wende mich dem Haupthaus zu.

Sünje folgt mir schweigend.

»Hat er dir von dem Unfall erzählt?«, fragt sie nach einer Weile.

»Kann schon sein.«

»Also ja.«

»Sünje«, sage ich.

Ich stoppe und sehe sie an.

»Was?«

»Kannst du mich nicht einfach mal für einen Moment in Ruhe lassen?«

»Klar«, meint sie achselzuckend. »Aber zuerst muss ich dir was zeigen.«

»Geht das nicht auch später noch?«, murre ich.

»Nein«, erwidert sie. »Und jetzt komm.«

Ohne sich um meinen Protest zu kümmern, läuft sie los, umrundet das Gästehaus und stapft an dessen Hinterseite weiter. Es geht einen verschneiten Trampelpfad entlang und an fünf Sprossenfenstern vorbei, ehe meine Cousine wieder anhält. Sie macht einen großen Schritt über eine verdorrte Pflanzenstaude, dreht sich zu mir um und legt ihren Finger an die Lippen.

»Schscht!«

»Was ist denn da?«, wispere ich.

Sünje zeigt auf das nächste Fenster und bedeutet mir, in die Hocke zu gehen.

»Onkel Lothar und die holde Sandrina?«, frage ich.

Sünje schüttelt den Kopf. Sie duckt sich unter dem Fenster weg, huscht auf die andere Seite und winkt mich zu sich.

Ich mache mich ebenfalls klein und trete bis dicht an die Simskante heran. Meine Cousine hat sich inzwischen wieder ein Stück aufgerichtet. Langsam neigt sie sich vor und lugt durch die Scheibe ins Innere.

»Nur, um dich zu beruhigen«, meint Sünje und zwinkert mir zu. »Mein Bruder besitzt nämlich noch andere Qualitäten. Und die scheint er deiner Schwester gern zu demonstrieren.«

Ich mache große Augen. »Sie küssen sich also nicht?«

»Guck doch selbst«, erwidert Sünje grinsend.

Im Gegensatz zu mir scheint sie überhaupt keine Probleme damit zu haben, anderen hinterherzuspionieren. Mir behagt so etwas nämlich überhaupt nicht. Aber in diesem Fall überwiegt meine Neugier.

Ich umfasse die Simskante und ziehe mich so weit nach oben, dass ich gerade eben ins Zimmer spähen kann.

Ups! Überrascht zucke ich zurück.

Die Deckenlampe brennt und leuchtet den Raum perfekt aus, und deshalb denke ich zuerst, dass Anna-Sophia und Gonne mich sofort bemerken. Dann wird mir klar, dass sie viel zu sehr mit sich selbst beschäftigt sind.

Meine Schwester trägt eine Leggins und ein ärmelloses Top und auch Gonne ist nur mit einem T-Shirt und einer Boxershorts bekleidet. Beide sind barfuß, stehen seltsam verrenkt auf einer dünnen Schaumstoffmatte und halten sich gegenseitig angespannt im Visier.

Einen Tisch, zwei Stühle und einen Schaukelstuhl haben sie zur Seite gerückt.

»Was machen die denn da?«, zische ich.

»Selbstverteidigung üben«, antwortet Sünje. »Pass auf. Gleich greift mein Bruder sie an.«

Sie hat es kaum ausgesprochen, da schnellt Gonnes Arm vor. Er packt Anna-Sophia im Nacken, doch noch ehe er sie fest im Griff hat, trifft ihn ihr Fuß in den Bauch. Gonnes Hand gleitet ab und er klappt zusammen wie ein Taschenmesser.

Anna-Sophia hebt triumphierend die Fäuste in die Luft, und nachdem Gonne sich wieder aufgerichtet hat, reckt auch er anerkennend seinen Daumen. Danach geben sie sich lachend High five und stellen sich wieder in die Ausgangsposition.

»Nach dem Abi will Gonne Sport studieren«, raunt Sünje. »Er macht schon jetzt neben der Schule Taekwondo, Freeclimbing und Basketball. Und er ist in allem gut.« Ihre Augen glänzen vor Stolz, als sie mir von den Aktivitäten ihres großen Bruders berichtet. »Aber jetzt lass uns lieber wieder von hier verschwinden.«

Das ist mir sehr recht, und so folge ich meiner Cousine, ohne zu zögern, tief geduckt an den übrigen Fenstern vorbei.

»Zuerst … also noch vor dem Studium … wird er allerdings für ein Jahr nach Südamerika fliegen. *Work and Travel* nennt man so etwas«, erzählt sie weiter. »Gonne möchte auf Farmen arbeiten oder in Pubs und von dem Geld, das er dabei verdient, durch Argentinien, Bolivien und Kuba reisen. Immer auf den Spuren seines großen Vorbilds.«

Inzwischen haben wir den Garten des Gästehauses durchquert. Wir klettern über einen niedrigen Lattenzaun, schlagen einen Bogen um das Haupthaus und nähern uns dem Stallgebäude.

»Aha«, sage ich. »Und *wer* ist das? Sein großes Vorbild?«

»Ein Typ namens Che Guevara«, erwidert Sünje. »Der stammt aus Argentinien und war so eine Art Freiheitskämpfer. Er lebt allerdings nicht mehr.«

Sofort kommt mir das übergroße T-Shirt in den Sinn, das Anna-Sophia heute Morgen anhatte. »Hat dieser Typ etwa lange Haare und einen Bart? Und trägt er eine Baskenmütze?«

Meine Cousine nickt eifrig. »Genau.«

»Dann ist meine Schwester wohl schon infiziert«, schlussfolgere ich.

»Na und«, meint Sünje. »Freiheit ist doch immer und für jeden gut.«

»Klar«, brumme ich. »Solange man selber darüber entscheiden kann.«

Und nicht so wie ich von früh bis spät völlig planlos hinter seiner Cousine herrennt.

»Was hast du jetzt überhaupt noch vor?«, frage ich.

»Nach Lisa und ihren Lämmern schauen«, entgegnet Sünje.

»Gut, dann werde ich mal reingehen«, sage ich entschlossen und deute zum Haus. »Mir ist nämlich ziemlich kalt.«

»Wir müssen dem kleinen Bocklamm doch noch einen Namen geben«, versucht Sünje, mich umzustimmen.

»Ach, das kannst du auch allein«, gebe ich zurück.

Sünje zieht einen Flunsch.

»Meinetwegen«, schmollt sie. »Aber beschwer dich hinterher nicht, wenn du den Namen nicht magst.«

Ich schüttele den Kopf. »Bestimmt nicht.«

Ich bin doch sowieso nur noch vier Tage hier.

Unschlüssig sehe ich sie an. Eine Frage hätte ich nämlich schon noch.

»Warum seid Ludvig und du nicht miteinander befreundet? Ihr mögt euch doch, stimmt's?«

Sünje erwidert meinen Blick. Ihre Miene ist unergründlich. Schließlich nickt sie in Richtung Stalltor.

»Wenn du mitkommst, erzähle ich es dir.«

Es ist mir echt nicht leichtgefallen, Sünje abblitzen zu lassen. Doch während wir uns anstarrten, machte es plötzlich KLICK in meinem Kopf. Mit einem Schlag wurde mir klar, dass ich mich viel zu oft viel zu sehr nach anderen richte und deshalb manchmal gar nicht richtig ernst genommen werde. Unkompliziert zu sein, bedeutet nämlich auch, nicht aufzufallen.

Dass Kai sich heute beim Frühstück getraut hat, der holden Sandrina eine Tomate ins Dekolleté zu schleudern, ist zwar sehr frech gewesen, aber es hat mir imponiert. Und Klarissa, die sich selbstverständlich alles krallt was sie haben will, beneide ich fast ein bisschen. Nicht, dass ich so sein will wie sie. Im Leben nicht! Etwas weniger brav und bescheiden wäre ich allerdings schon ganz gerne.

Prompt muss ich an Ludvig denken und an unser Rollenspiel eben am Strand. Es war lustig, verrückt und traurig zugleich. Trotzdem wäre es mir lieber, wenn wir uns endlich mal ganz normal unterhalten könnten.

Aber ob er das überhaupt will? Vielleicht hat er inzwischen viel mehr Spaß mit Klarissa. Die wird ihm nämlich bestimmt keine quälenden Fragen nach seinen verunglückten Eltern stellen.

»Mann, Leonie, du hast ihn doch überhaupt nicht gefragt«, brumme ich. »Er hat es dir von sich aus erzählt.«

Und womöglich erwartet er sogar, dass ich nun erst recht noch einmal nachhake.

»Hoffentlich, hoffentlich«, murmele ich.

... bietet sich überhaupt noch einmal die Gelegenheit dazu, denn vielleicht lässt Ludvig sich ab jetzt völlig von Klarissa in Beschlag nehmen.

Ich drehe mich um und blicke in Richtung Leuchtturm zurück. Ob die beiden sich auch auf die Bank gesetzt haben? Und ob Klarissa wohl versuchen wird, Ludvig zu küssen?

Bei dieser Vorstellung breitet sich ein selten blödes Gefühl in meiner Brust aus.

Ihre Stimmen sind jedenfalls nicht zu hören. Dabei weht der Wind genau von dort zu mir herüber. Er ist nicht besonders stark, aber mit ihm treiben stockdunkle Wolken heran und verdrängen das helle Blau des Vormittagshimmels. Bestimmt wird es später noch anfangen zu schneien.

»Was du nicht weißt, macht dich nicht heiß«, rede ich mir zu und wische alle bescheuerten Gedanken energisch beiseite.

»Miaunz«, bekomme ich zur Antwort und einen Wimpernschlag später spüre ich eine sanfte Berührung an meiner Wade.

Überrascht über Frau Etepetetes zutrauliche Geste, streife ich meinen rechten Handschuh ab, beuge mich hinunter und lasse meine Finger durch ihr dichtes grau getigertes Fell gleiten.

»Hallo, Petty«, sage ich leise. »Hast du mir etwa zugehört?«

»Brrraunz«, macht die Katze jetzt, streicht einmal um meine Beine herum und drückt ihren Kopf dann fest gegen meine Hand.

»Ich nehme an, das heißt Ja«, erwidere ich, woraufhin Petty ihren Schwanz aufstellt und ihn sanft hin und her schwingen lässt.

»Aber du wirst es für dich behalten, okay?«

»Brrrrt«, beruhigt Frau Etepetete mich und zwinkert mir verschwörerisch zu.

In diesem Fall hat Sünje dich nicht angeschwindelt, scheint sie mir sagen zu wollen. Ich bin so verschwiegen wie ein Priester im Beichtstuhl.

»Okay«, sage ich lächelnd. »Und was, bitte schön, soll ich jetzt tun?«

»Miaaau!«, gibt Petty beinahe schnippisch zurück. Sie wendet sich ab und spaziert mit schlagendem Schwanz von dannen.

»Vielen Dank für den Tipp«, brumme ich und laufe mit raschen Schritten auf die Haustür zu.

Wieso frage ich überhaupt eine Katze um Rat? Mir ist doch längst klar, dass ich es selbst am besten weiß.

Durch die offene Tür des Wohnzimmers dringt munteres Geplauder in den Flur.

Nanu?, wundere ich mich. Haben meine Onkel und Tanten ihren Streit tatsächlich schon begraben?

Ich hänge meine Sachen an die übervolle Garderobe und öffne die Schnürbänder meiner Winterboots. Hastig streife ich sie ab und trete erwartungsvoll über die Schwelle.

Um den Esstisch herum sitzen Mama, Papa, Tante Ulla, Tante Sybille, Onkel Rainer und eine fremde Frau mit kurzen dunklen Haaren und braunen Augen, die sich angeregt mit Oma Grizabella unterhält. Zu meiner großen Freude hat meine Großmutter sich inzwischen offenbar von den Familienzwistigkeiten erholt. Als sie mich bemerkt, zwinkert sie mir fröhlich zu. Ich zwinkere ebenso fröhlich zurück, dann fällt mein Blick wieder auf die fremde Frau. Sie trägt einen hübschen dunkelgrünen Pullover und einen dezenten Lippenstift, und sie ist die Zweite, die mich entdeckt. Sofort leuchten ihre Augen auf.

»Hey«, sage ich und steuere auf den freien Stuhl neben meiner Mutter zu.

»Moin, Moin«, begrüßt die fremde Frau mich lächelnd. »Du musst Leonie sein.«

»Ja ...«, erwidere ich mit tausend Fragezeichen auf der Stirn, woraufhin sie sich erhebt und mir ihre Hand hinstreckt.

»Ich bin Freya Hannsen, Ludvigs Tante. Ich habe euch ein paar selbst gebackene Plätzchen und einen Eimer Krabben herübergebracht«, erklärt sie mir. »Und außerdem wollte ich Ullas Geschwister kennenlernen.«

»Oh, hallo, das ist aber nett«, sage ich, ergreife kurz ihre Hand und lasse mich dann neben meiner Mutter niedersinken.

»Ludvig hat mir schon eine Menge von dir erzählt«, fährt Frau Hannsen unterdessen fort. »Er scheint dich zu mögen.«

Ach, du liebe Güte! Das wird ja immer besser.

»Ich finde ihn auch sehr nett«, sage ich höflich, während ich wieder mal gegen die Hitze ankämpfe, die mir hinter den Ohren aufsteigt. »Ähm, wo ist denn eigentlich Onkel Lothar?«, frage ich schnell, um das Gespräch auf ein anderes Thema zu lenken.

»Sandrina war nach dem Frühstück nicht gut«, erwidert Mama.

Klar, die Cherrytomate hat ihr wohl etwas quer im Ausschnitt gelegen.

»Sie hat sich zurückgezogen und Onkel Lothar leistet ihr Gesellschaft.«

»Ach so«, sage ich und richte meinen Blick auf den Adventskranz, den nun eine kleine, mit weiß glitzernden Sternen bedruckte Goldkugel und etwas Engelshaar zieren. Außerdem sind die roten Kerzen durch cremefarbene ersetzt worden. Sooo übel sieht es gar nicht aus.

Tja, dann ist jetzt wohl alles wieder Friede, Freude, Eierkuchen. – Oder etwa nicht?

Ein Streit mit überraschenden Folgen

Tatsächlich verlaufen die nächsten beiden Tage ausgesprochen friedlich. In der Nacht auf den 22. Dezember fällt so viel Schnee, dass sich am nächsten Morgen die Haustür nicht mehr öffnen lässt und Onkel Olaf aus dem Fenster klettern und den Eingang freischaufeln muss. Natürlich stürmen wir nach dem Frühstück sofort ins Freie, wo schon wieder so viele dicke weiße Flocken vom Himmel fallen, dass man vor lauter Schneestöbern kaum bis zur nächsten Ecke gucken kann.

Trotzdem liefern Gonne, Kai und Anna-Sophia sich eine wilde Schnellballschlacht, während Sünje, Finn, Malte und ich ein Riesenschneeschaf bauen. Klarissa steht nur rum und guckt blöd, bis Kai plötzlich über sie herfällt und sie nach allen Regeln der Kunst einseift. Daraufhin bekommt sie einen Schreikrampf, der garantiert bis zum Festland hinüber zu hören ist.

Tante Ulla und Tante Sybille haben sich offenbar über das weihnachtliche *Ambiente* geeinigt, denn mittlerweile wird man in jedem Zimmer des Erdgeschosses von einem anderen Duft empfangen und auch die Deko ist um einige gold glänzende Elemente erweitert worden.

So tummeln sich in der Glasschale, in der bisher Äpfel und Orangen lagen, plötzlich weiße und goldene Kugeln. Auf der Fensterbank im Wohnzimmer sitzt nun ein dicker Engel mit langen Locken und riesigen Flügeln und auf einem der Beistelltische ist eine ganze Krippenlandschaft aufgebaut – lauter Sachen, die Tante Sybille offenbar extra von Stuttgart mitgebracht hat.

Kai verbringt den größten Teil der Zeit abwechselnd mit Gonne und Anna-Sophia oder mit Finn, während Klarissa eine Zeit lang versucht hat, sich an Sünje und mich zu hängen. Bisher konnten wir sie allerdings immer in die Flucht schlagen, indem wir uns über Lämmergeburten unterhielten oder mit Kowalsky herumtollten. Sobald der Hund auch nur in ihre Nähe kam, flitzte sie kreischend davon.

Über Ludvig hat Klarissa kein einziges Wort verloren, allerdings habe ich ihn seit unserem letzten Treffen auch nicht mehr gesehen. Obwohl ich mich gar nicht danach erkundigt habe, erzählte Sünje mir, dass seine Tante ihn noch am selben Nachmittag mit zurück aufs Festland genommen hätte.

»Wieso denn das? Hat er sich hier nicht mehr wohl gefühlt?«, habe ich sie gefragt.

»Das weiß man bei Ludvig nie. Ich glaube allerdings eher, dass Freya es so bestimmt hat. Vielleicht wollte Mama das aber auch … Damit die Verwandtschaft unter sich ist.«

»Du meinst, damit Onkel Lothar sich nicht aufregt.«

Sünje hat mich eine Weile angesehen und schließlich

»Keine Ahnung« gebrummt. »Erwachsene sind manchmal komisch, oder?«

Allerdings!

In den Tischgesprächen geht es jetzt meistens um die guten alten Zeiten, in denen Papa, Tante Ulla, Onkel Lothar und Tante Sybille noch Kinder waren, und es werden nur die schönen Erinnerungen ausgetauscht und besonders lustige Geschichten erzählt, die auch Oma Grizabella immer wieder ein Strahlen ins Gesicht zaubern.

Die Einzige, die nie etwas von sich gibt, ist die holde Sandrina. Und da sie seit der Sache mit der Cherrytomate nur noch einfache, hoch geschlossene Blusen und Pullis trägt, achtet auch kaum mehr einer auf sie. Jetzt ist es tatsächlich beinahe so, als wäre sie gar nicht da.

»Das ist die berühmt-berüchtigte Ruhe vor dem Sturm«, orakelt Sünje, als wir uns am Abend des 23. Dezembers in ihr Zimmer zurückziehen. »Das dicke Ende kommt garantiert noch.«

»Na, hoffentlich nicht morgen«, erwidere ich, während ich mich der Länge nach auf meiner Matratze ausstrecke.

»Irgendwann muss Onkel Lothar ja mit der Sprache herausrücken«, meint Sünje und pflanzt sich im Schneidersitz auf ihr Bett.

»Oder die holde Sandrina macht es selbst«, entgegne ich seufzend. »*Sie oder ich* … das hat sie gesagt. Und ich wette, sie macht Ernst.«

»Na klar«, bestätigt Sünje. »Umsonst hat sie dieses Monsterteil von einem Koffer ganz bestimmt nicht mit hierher geschleppt.«

Ach herrje, ich wünschte wirklich und wahrhaftig, sie würde ihn niemals öffnen!

Wieder einmal ziehe ich ernsthaft in Betracht, meine Eltern in die Sache einzuweihen, und ich glaube, dass sogar Sünje mittlerweile über diese Möglichkeit nachsinnt. Doch dann fragt sie plötzlich:

»Vermisst du ihn eigentlich?«

»Wen?«, frage ich irritiert zurück.

Manchmal kann einem geradezu schwindelig werden von der Geschwindigkeit, mit der meine Cousine das Thema wechselt.

»Na, Ludvig natürlich!«

»Quatsch«, sage ich viel zu schnell.

»Hm.« Sünje mustert mich nachdenklich. »Schade.«

»Wieso?«

»Na ja … *ihm* hat es jedenfalls gar nicht gepasst, dass er nicht mehr hierbleiben durfte«, entgegnet sie.

»Hat er das gesagt?«, platzt es aus mir heraus.

Und wenn schon, füge ich im Stillen hinzu. Das muss überhaupt nichts mit mir zu tun haben. Vermutlich findet er es einfach nur langweilig, die ganze Zeit im Leuchtturm herumzuhocken.

»Nee, hat er nicht«, erwidert Sünje. »Ist auch nicht nötig. So was sehe ich ihm an.«

Ich spüre einen feinen Stich in der Brust.

»So gut kennst du ihn also?«

»Ja, tu ich.« Sünje senkt den Blick und fummelt an der Innennaht ihrer Jeans herum. »Ich war mal ein bisschen in Ludvig verknallt.«

Der Stich fängt an zu brennen, und ich muss mich räuspern, ehe ich weitersprechen kann.

»Und jetzt?«, frage ich leise. »Bist du's nicht mehr?«

Meine Cousine zuckt mit den Schultern.

»Nö. Irgendwie nicht. Ich mag ihn, aber alles andere ist mir zu anstrengend. Manchmal ist Ludvig nämlich ziemlich unausstehlich.«

»Mhm.« Ich nicke. »Kann ich mir vorstellen.«

»Unsinn«, widerspricht Sünje energisch. »Du hast ihn gerade mal an zwei mickrigen Tagen für ein paar Halbestunden erlebt. Woher willst du wissen, wie er tickt!«

»Er hat mir von dem Unfall seiner Eltern erzählt«, sage ich. »Allerdings nicht auf die übliche Art und Weise.«

Sünje schaut auf. »Ach ja? Und wie dann?«

Unschlüssig sehe ich sie an. Eigentlich möchte ich es gar nicht erzählen. Weder ihr noch sonst jemandem.

»Das ist Ludvigs und meine Sache«, entscheide ich mich zu sagen, auch auf die Gefahr hin, dass meine Cousine dichtmacht und nun ebenfalls nichts mehr über Ludvig preisgeben will.

Doch zu meiner Überraschung sagt sie: »Okay. Das ist genau das, was er braucht.«

»Wie meinst du das?«

»Ludvig mag es nicht, wenn man zu viel plappert … und wenn man ihm zu sehr auf die Pelle rückt.«

Aha. »So wie du mir?«

»Ts«, macht Sünje. »Tu ich das?«

»Und wie! Du kommandierst mich die ganze Zeit herum. Ich darf kaum mal was allein entscheiden.«

»Das stimmt doch gar nicht!« Entrüstung breitet sich auf ihrem Gesicht aus. »Ich würde dich niemals zwingen, Dinge zu tun, die du nicht willst«, verteidigt sie sich.

»Das wäre ja auch wohl noch schöner«, brumme ich.

»Na also!«

Sünje schiebt die Unterlippe vor und guckt beleidigt vor sich hin. Ich warte eine Weile, ob noch etwas von ihr kommt. Als das nicht passiert, verschränke ich die Arme unter meinem Kopf und richte meinen Blick zur Zimmerdecke. Wahrscheinlich wäre es am besten, wenn ich die Angelegenheit auf sich beruhen ließe. So wie ich Sünje kenne, wird sie sich bestimmt schnell wieder einkriegen. Die Zeit bis zu unserer Abreise ist überschaubar und im Grunde bin ich ja gerne mit ihr zusammen. Meine Kritik würde sie nur unnötig verletzen, und wenn ich ehrlich bin, breche ich mir nun echt keinen Zacken aus der Krone, wenn ich noch zwei Tage nach ihrer Pfeife tanze. Ich hab ja kapiert, dass ich was an mir ändern muss. Damit kann ich aber auch in aller Ruhe zu Hause anfangen. Und da ich Ludvig vermutlich eh nicht mehr treffen werde, sollte ich es mir für den Rest der Zeit lieber nicht mit meiner Cousine verderben.

Hasenfuß!, flüstert es in meinem Kopf. Du elende feige Nuss! Du hast ja bloß Angst, dass du dich bis übermorgen Nachmittag mit dir allein amüsieren oder dich womöglich doch mit Klarissa abgeben musst. Trau dich gefälligst! Du musst es Sünje ja nicht gleich mit dem Holzhammer eintrichtern.

»Vielleicht merkst du es selber gar nicht …«, beginne ich und versuche, meine Worte sorgsam zu wählen. »… aber du hast so eine Art, einem deinen Willen aufzuzwingen. Bestimmt meinst du es nicht böse … Zumindest nicht immer …«

»Was soll denn das schon wieder heißen!«, regt Sünje sich auf.

»Na jaaa«, sage ich gedehnt, »zum Beispiel die Strohmausgeschichte und deine ganzen Erpressungsversuche …«

»Sag mal, spinnst du jetzt total, oder was?« Meine Cousine springt vom Bett herunter und baut sich vor meiner Matratze auf. »Ich habe dich doch nicht erpresst, sondern nur gemacht, was meine Mutter von mir verlangt hat, nämlich mich um dich kümmern! Dir hier alles zu zeigen und dafür zu sorgen, dass du Spaß hast«, blafft sie mich an. »Aber du interessierst dich ja für gar nichts! Weder hattest du Lust, auf dem Heuboden zu übernachten, noch wolltest du Lisas Bocklamm einen Namen geben. Von Anfang an wolltest du immer nur über Ludvig reden, und ich sag dir auch, warum: weil du dich nämlich sofort in ihn verknallt hast.«

»Du hast sie ja nicht alle!«, knurre ich. »Ich habe mich überhaupt nicht in ihn verknallt. Er war mir völlig egal.«

»Ts!« Sünje stößt ein kurzes spöttisches Lachen aus. »Das kannst du meinetwegen deinen Tanten in Neapel erzählen. Ich habe schließlich Augen im Kopf. Und die haben genau gesehen, wie du dich ständig nach ihm verrenkt hast.«

»Ständig … Ja, klar! Ludvig hat ja auch *ständig* bei uns

rumgehangen«, brumme ich und wedele mir vor der Stirn herum. »*Du* hast dich total merkwürdig verhalten, als ich mich nach ihm erkundigt habe, und dauernd so komische Andeutungen gemacht«, reibe ich ihr unter die Nase.

»Und was glaubst du wohl, warum?«, zischt Sünje.

»Weil du ihn selber magst. Das habe ich inzwischen kapiert«, fahre ich nun ebenfalls aus der Haut.

»Aber doch nicht so! Jedenfalls nicht mehr!« Sünje beugt sich zu mir herunter und tippt mit ihrem Finger auf meiner Stirn herum. »Wann geht das endlich mal in deinen dusseligen Schädel rein?«

»Wahrscheinlich nie«, rege ich mich auf. »Weil ich nämlich viel zu doof dazu bin.«

»So ein Quatsch!«, schnaubt Sünje. »Du bist doch nicht doof!«

»Hast du doch eben selbst gesagt. Dusselig oder doof. Wo ist da der Unterschied?«, fauche ich.

Sünje starrt mich an. Ihre Augen funkeln und ihr Atem geht stoßweise. Plötzlich wirbelt sie herum, stapft aus dem Zimmer und knallt die Tür hinter sich zu.

»Du bist ganz schön kompliziert, weißt du das?«, murmele ich ihr hinterher.

Mein Herz rast, und ich fühle mich, als ob ich einen waschechten Ringkampf ausgefochten hätte. Trotzdem bereue ich es nicht, dass ich meiner Cousine endlich mal die Meinung gesagt habe. Im Gegenteil: Es hat sogar richtig gutgetan.

Als ich am nächsten Morgen, dem Heiligen Abend – und meinem Geburtstag! –, aufwache, ist Sünjes Bett leer. Von draußen sickert fahles Licht herein. Ich setze mich auf und schiebe den Vorhang zur Seite.

Dichter Nebel liegt über der Hallig und hat die dunklen Zweige der Bäume und Büsche mit einer plusterigen weißen Schicht aus Eiskristallen überzogen. Neuer Schnee ist nicht gefallen, dennoch wirkt der Garten vollkommen unberührt, so als wäre er von einer Winterfee verzaubert worden.

Ich ziehe den Vorhang ganz auf und greife nach meiner Armbanduhr, die ich als Lesezeichen in mein Buch gelegt habe. Es ist kurz vor halb zehn. Höchste Zeit also, aus den Federn zu kriechen.

Ich schlage die Decke zurück, husche ins Bad und belasse es bei einer Schnellwäsche. Ohnehin werde ich heute vor dem Festtagsessen und dem Julklapp noch einmal ausgiebig duschen.

Zehn Minuten später bin ich fix und fertig angezogen und mache mich auf den Weg nach unten, wo es seltsamerweise noch verdächtig still ist.

Es kann ja wohl nicht sein, dass ich die Erste bin, schießt es mir durch den Kopf. Nein, nein, das ist völlig ausgeschlossen. Sünje ist auf jeden Fall schon wach. – Es sei denn, sie hat in der letzten Nacht im Schafstall auf dem Heuboden geschlafen! Bis ich gestern Abend mein Buch zur Seite gelegt und das Licht gelöscht hatte, war sie jedenfalls nicht wieder aufgetaucht.

Oh Mann, sie muss ganz schön sauer auf mich sein!

Und mit einem Mal bekomme ich doch ein schlechtes Gewissen.

Womöglich hat Sünje sich bei unseren Eltern über mich beklagt und damit den just beigelegten Familienkrach wieder aufs Neue entfacht. Und jetzt sind alle sauer und bestrafen mich, indem sie meinen Geburtstag ignorieren.

Diese Gedanken lassen mich schlagartig auf der Treppe verharren.

Geschieht dir ganz recht, sage ich mir und überlege, ob ich mich nicht besser wieder nach oben verziehe, da registriere ich im Flur einen kaum wahrnehmbaren Laut. Im ersten Moment glaube ich noch, es mir nur eingebildet zu haben, doch im nächsten bin ich mir ganz sicher, dass es die Haustür gewesen sein muss, die leise ins Schloss gedrückt wurde.

Jemand hat das Haus verlassen. – Oder betreten!

Angespannt lausche ich auf weitere Geräusche: Schritte oder das Rascheln, das beim Abstreifen von Kleidungsstücken entsteht. Aber es bleibt still.

Eine Welle der Enttäuschung schwappt durch mich hindurch.

Ist es wirklich möglich, dass alle das Haus verlassen haben? Dass nicht einmal Mama und Papa mir gratulieren wollen? Ich habe mich mit Sünje gestritten, weiter nichts. Und bisher haben sich meine Eltern noch nie eingemischt, wenn ich mich mit Anna-Sophia oder einer meiner Freundinnen verkracht habe, sondern sind immer gelassen geblieben, haben mich getröstet, mir Ratschläge erteilt und in Ruhe abgewartet, dass es sich wieder einrenkt.

Nein, nein. Ich kann mir beim besten Willen nicht vorstellen, dass es diesmal anders ist. Nur weil wir hier alle auf einem Haufen hocken und die ein oder anderen sich nicht ganz grün sind.

Und so tappe ich lautlos weiter nach unten, Stufe für Stufe, bis ich im Flur ankomme und mich langsam der Wohnzimmertür zuwende.

Weder von dort noch aus der Küche ertönen Stimmen oder Geschirrgeklapper.

»Hallo?«, rufe ich und mache einen weiteren Schritt, als mich plötzlich jemand von hinten an den Armen packt.

Nicht mal einen Atemzug später streift ein anderer mir ein Tuch über die Augen und es wird stockdunkel um mich herum.

Vermisst

»Hey, wer seid ihr?«, frage ich, bekomme aber keine Antwort. Natürlich nicht!

Wenn ich mich nicht irre, soll das Ganze wohl in eine Art Geburtstagsüberraschung münden. Oder es ist Sünje, die sich für meine klaren Worte revanchieren will und die nächste gruselige Aktion plant. Auf jeden Fall macht sie es nicht allein, es sind nämlich eindeutig mehr als zwei Hände, die an mir herumfummeln.

Zunächst drehen sie mich um ungefähr hundertachtzig Grad, dann schieben sie mich ziemlich energisch voran.

Ich zähle acht Schritte, die ich eher stolpere als gehe.

Keiner spricht ein Wort, ich höre nicht mal ein Wispern, nur unregelmäßiges Atmen.

Als Nächstes werden meine Arme in eine Jacke gesteckt. Ich bekomme eine Mütze auf den Kopf gesetzt und einen Schal um den Hals geschlungen. Anschließend drückt mich einer an den Schultern in Richtung Boden. Während ein anderer mich im Rücken stützt, gehe ich langsam in die Hocke und lasse mich schließlich seitlich auf den Hintern fallen.

Nun zieht jemand meine Füße nach vorn und streift mir meine Boots über. Unterdessen hält ein anderer das Tuch an meinem Hinterkopf straff. Danach geht es in den Stand zurück – das Schwierigste von allem –, und ich habe große Mühe, nicht das Gleichgewicht zu verlieren. Zweimal taumele ich nach hinten, werde aber beide Male sicher aufgefangen.

»Papa, bist du das?«

Für diese Frage ernte ich ein Kichern. Immerhin.

»Gonne?«, bohre ich weiter. »Nein, wartet ... Anna-Sophia!«

Hm, wahrscheinlich beide. Das Kichern klang jedenfalls eher weiblich. Und meine Mutter wird das wohl kaum gewesen sein.

Ich höre, wie die Haustür geöffnet wird. Ein kalter feuchter Luftzug weht mir entgegen. Nun werde ich gleichzeitig gezogen und geschoben.

Ich spüre die glatten Fliesen unter meinen Sohlen und die Fußmatte, die ein wenig aus der Einfassung hervorsteht, dann stoße ich mit der Schuhspitze gegen die schmale Metallschiene auf der Schwelle.

»Habt ihr mir überhaupt die Schnürsenkel zugebunden?«, frage ich, woraufhin ich ein sanftes Klopfen auf meiner Schulter spüre.

»Also ja?«

Wieder ein Klopfen. Ich werte es als Bestätigung und mache einen großen Schritt über die schmale Stufe hinweg in den Schnee hinaus. Er fühlt sich weich an und knirscht unter meinen Sohlen.

Meine Begleiter umfassen meine Oberarme und führen mich weiter. Es geht geradeaus, ich tippe auf Richtung Schafstall und schreite forsch voran. Die beiden werden mich schon nicht in einen Schneehaufen laufen lassen, denke ich noch, da geben mich die Hände plötzlich frei.

»Ey!«, rufe ich empört, taumele nach vorn, fange mich zum Glück aber sofort wieder.

Hinter mir entfernen sich eilige Schritte.

»Was soll denn das?«, stoße ich aus, greife nach meiner Augenbinde und zerre sie mir mitsamt der Mütze vom Kopf herunter.

Wider Erwarten stehe ich nicht auf dem Plattenweg, der das Haupthaus mit dem Stall verbindet, sondern vor dem Gartenzaun. Es ist so nebelig, dass ich nicht bis zum Grundstücksende gucken kann. Weit und breit ist niemand zu sehen.

»Mensch, Sünje!«, knurre ich. »Wie oft falle ich eigentlich noch auf dich herein?«

Mehr wütend auf mich als auf sie streife ich meine Mütze wieder über, drehe mich um – und mache prompt einen Satz rückwärts.

»Keine Ahnung«, meint Ludvig grinsend.

Er steht einen knappen Meter vor mir und hält ein Tablett in den Händen, auf dem sich ein winziges Schokotörtchen mit zwei brennenden Kerzen, eine Flasche Bionade und zwei Sektgläser befinden.

»Wie kommst *du* denn hierher?«, platzt es aus mir heraus.

»Mit Hinnerks Kutsche natürlich«, erwidert Ludvig.

»Ja, aber ...?«

»Okay, es war nicht ganz ungefährlich bei dem Nebel«, lenkt er ein. »Falls du dir Sorgen gemacht hast ... ähm, hättest ... Es war außerdem ja noch ziemlich dunkel und so.«

»Pfff«, mache ich.

»Hinnerk kennt die Strecke aber im Schlaf«, erklärt Ludvig schulterzuckend. »Und ich mittlerweile ebenfalls. Also ...«

»Das meine ich doch gar nicht!«

Ludvig betrachtet mich stirnrunzelnd. »Nicht?«

»Nein.«

Herrgott noch mal, wieso ist nur immer alles so schrecklich kompliziert!

»Und ich dachte, du freust dich«, sagt Ludvig.

»Tu ich ja auch«, knurre ich, woraufhin sich sein Mund zu einem breiten Grinsen verzieht.

»Und warum brummst du dann wie ein Bär?«, erkundigt er sich.

»Ach ...« Ich mache eine abwehrende Geste. »Keine Ahnung.«

Und mit einem Mal fällt alles in mir zusammen, wie ein Luftballon, in den man ein Loch hineingestochen hat. Keine Ahnung, weshalb ich meine Freude nicht richtig zeigen kann. Es ist nur so: Mit Ludvig habe ich nun echt am allerwenigsten gerechnet. Und wenn ich ganz, ganz ehrlich bin, hätte ich mir gewünscht, dass meine Eltern, meine Schwester – oder Sünje – eine Geburtstagsüberraschung für mich bereitgehalten hätten.

Ludvigs Blick klebt geradezu auf meinem Gesicht. »Bist du jetzt enttäuscht?«, fragt er vorsichtig.

»Nein«, antworte ich viel zu schnell, »ähm, Quatsch … ähm …«

Unschlüssig starre ich auf die beiden Kerzen. – Wieso überhaupt zwei?

»Herzlichen Glückwunsch«, sagt Ludvig leise. »Zu deinem Dreizehnten … und dafür, dass ich mich das hier getraut habe.«

»Was denn?« Irritiert sehe ich ihn an. »Aber das ist doch total süß«, füge ich hastig hinzu. Denn er soll auf keinen Fall denken, dass ich den Aufwand, den er betrieben hat, nicht zu würdigen weiß. – Sofern es überhaupt auf seinem Mist gewachsen ist und nicht wieder einer von Sünjes sensationellen Einfällen war.

Diesmal ist Ludvigs Grinsen so breit, dass es bis zu den Ohren reicht. »Findest du?«

»Ja, aber ich möchte nicht, dass meine Cousine …«

Zum Glück unterbricht er mich, bevor ich meinen Satz zu Ende gesprochen habe.

»Das hat sie nicht«, versichert Ludvig mir. »Heute Morgen hierherzukommen war meine Idee. Natürlich habe ich Sünje eingeweiht. Allein hätte ich dich nämlich niemals aus dem Haus bekommen.«

»Dann wart ihr beiden das also!«, rufe ich aus.

»Genau.« Ludvig nickt. »Sünje ist meine beste Freundin, und sie war sofort Feuer und Flamme, als ich vorschlug, mich als uneingeladener Geburtstagsgast einzuschmuggeln.« Seine Augen fangen an zu leuchten, als er weiterspricht. »Einen besseren Kumpel als sie kann ich mir gar nicht vorstellen. Sie hat sofort geschnallt, dass ich … also, dass du … na ja, du kannst es dir bestimmt denken …«

Ich schüttele kaum merklich den Kopf – was natürlich gewissermaßen geschwindelt ist. Ich habe nur keine Lust, mich bis auf die Knochen zu blamieren, falls das, was Ludvig meint und ich denke, doch nicht ein und dasselbe ist.

»Ach, verdammt, das hier ist doch keine Matheprüfung«, stößt er jetzt ungehalten hervor. »Am Ende wird schon kein Ungenügend dabei herauskommen.« Er holt einmal tief Luft und sieht mir direkt in die Augen. »Leonie, hör zu: Keine Ahnung, wieso, aber ich mochte dich sofort, als du vor ein paar Tagen mit deiner Reisetasche über den Deich kamst. Ich wollte dich unbedingt kennenlernen, doch dann war gleich wieder diese Angst da.«

»Welche Angst?«, krächze ich.

Jetzt weicht Ludvig meinem Blick aus. »Na ja, diese unbestimmte. Es hat mit meinen Eltern zu tun, glaube ich, und damit, dass ich mich nicht an sie erinnern kann. Verstehst du: Das Schicksal hat mir etwas weggenommen, das ich gar nicht richtig kannte. Ich weiß nur, dass es mir fehlt …«

»Und jetzt hast du Angst, dass dir wieder etwas fehlen könnte.«

»Mhm.«

Das Tablett in Ludvigs Händen fängt an zu zittern und dann sage ich auch noch: »Ich fahre morgen wieder nach Hause.«

Etwas Idiotischeres hätte mir wirklich nicht einfallen können!

»Ich weiß«, murmelt Ludvig. »Aber du kommst ja vielleicht irgendwann mal wieder. Zum Beispiel im Sommer ... oder so.«

Das Tablett gerät in Schräglage. Die Bionade-Flasche und die beiden Gläser rutschen auf mich zu, nur das Schokotörtchen mit den brennenden Kerzen bleibt, wo es ist.

Ich reiße reflexartig die Hände hoch und kriege die Flasche und eins der beiden Gläser zu fassen Das zweite versinkt vor meinen Füßen im Schnee. Dummerweise mache ich im selben Moment einen Schritt nach vorn und trete es dabei auch noch kaputt.

»T-tut mir leid«, stammele ich.

»Ist ja nicht deine Schuld«, entgegnet Ludvig. »Wir trinken einfach aus einem Glas.«

»Aber dann können wir nicht anstoßen«, wende ich ein.

»Tja, dann muss ich dir eben anders gratulieren«, erwidert er und kommt noch etwas dichter an mich heran. Zwischen uns befindet sich jetzt nur noch das Tablett mit dem Schokotörtchen und den fast heruntergebrannten Kerzen.

»Herzlichen Glückwunsch, Leonie«, wispert Ludvig und dann küsst er mich einfach auf den Mund.

Es geht so schnell, dass ich nicht mal zurückzucken oder sonst irgendwie reagieren kann. Ludvigs Lippen sind warm und weich und fühlen sich unglaublich gut an. Augenblicklich schnellt mein Herzschlag in die Höhe, meine Knie werden gummiweich und in meinem Bauch fängt es wie verrückt zu kribbeln an.

»D-danke«, stottere ich.

Die Kerzenflammen zucken.

»Jetzt müssen wir uns was wünschen«, sagt Ludvig. »Schnell! Bevor es zu spät ist und die Flammen von selber ausgehen.«

Er und ich pusten gleichzeitig. Es ist wie ein kleiner Wirbelsturm zwischen uns. Ich schließe die Augen – und denke an den nächsten Sommer. Bitte … bitte … bitte …

Ob Ludvig sich wohl das Gleiche wünscht wie ich?

»Happy birthday to you, happy birthday to you …«, erschallt es da hinter mir.

Ich wirbele herum und finde mich unversehens meiner versammelten Verwandtschaft gegenüber. Vor Schreck lasse ich fast die Bionade-Flasche und das Glas fallen. Ich bemerke noch, wie Ludvig rasch die Scherben des anderen Glases aufhebt, dann ist Anna-Sophia auch schon bei mir.

»Alles, alles Liebe, Schwesterherz!«, ruft sie und verpasst mir einen fetten Schmatzer auf die Wange.

»Aber Ludvig und ich …« Mein Blick fällt auf das Tablett mit dem Schokotörtchen. »Wir waren doch noch gar nicht fertig«, rutscht es mir heraus.

»Tja«, meint Papa lachend, »dummerweise gibt es hier noch eine ganze Reihe weiterer Leute, die dich unbedingt küssen wollen.«

Ludvig nimmt mir das Glas und die Flasche aus der Hand und weicht einen Schritt zurück, damit meine Eltern, meine Tanten und Onkel und meine Cousins und Cousinen mir gratulieren können.

Sünje mustert mich mit schief gelegtem Kopf und drückt beinahe schüchtern meinen Unterarm.

»Happy birthday«, raunt sie. »Und ansonsten kann ich nur sagen, dass du recht hast. Zumindest ein bisschen.«

»Dumme Nuss«, forme ich lautlos mit den Lippen, was sie offenbar tatsächlich versteht, denn nun fällt sie mir um den Hals und flüstert mir ins Ohr: »Ich weiß. Und es tut mir total leid, dass ich dich dusselig genannt habe. Es war gar nicht so gemeint.«

»Schon gut«, murmele ich und drücke sie sanft an mich.

»Ich will auch! Ich will auch!«, kräht Malte und streckt seine Hände in die Höhe.

»Na, dann komm«, sagt Gonne.

Sünje löst sich lächelnd von mir, damit der große seinen kleinen Bruder auf meinen Arm heben kann.

Malte zerrt an meiner Mütze und schlabbert mir das halbe Gesicht ab. »Herzlichen Glückwunsch«, brabbelt er, »und viele schöne Geschenke. Die haben wir nämlich alle hinters Haus gelegt.«

Er strampelt mit den Beinen und ich lasse ihn schnell wieder auf den Boden hinunter.

»Komm«, sagt er, ergreift meine Hand und zieht mich mit sich, durch das kleine Tor im Gartenzaun und ums Haus herum bis zur Terrasse.

Dort ist ein alter, schneebedeckter Holztisch voller bunt verpackter Geschenke aufgebaut, die rund um eine doppelstöckige Torte drapiert sind. In der Torte stecken dreizehn Funken sprühende Wunderkerzen.

Ich will mich gerade jubelnd darauf stürzen, als mir etwas auffällt. Mit einem gehörigen Schrecken im Herzen fahre ich zu den anderen herum.

»Wo ist eigentlich Oma Grizabella?«

Im ersten Moment stehen alle da wie schockgefroren.

»Also, eben war sie noch hier«, sagt Tante Ulla, die als Erste ihre Sprache wiederfindet. »Mit ihrer violetten Flauschmütze auf dem Kopf und in eine dicke Decke eingemummt.«

»Sie wollte nicht, dass wir sie in den Schnee hinausfahren, sondern hier auf dich warten«, fügt Mama hinzu.

»Aber jetzt ist sie weg«, sage ich.

»Vielleicht musste Oma Grizabella mal Pipi«, sagt Malte.

»Du Blödi, das kann sie doch gar nicht allein«, erwidert Finn.

»Kann sie wohl«, verteidigt sich der Kleine und streckt seinem Bruder die Zunge heraus. »Sie hat nämlich eine Windel an!«

»Ey, Scheiße. Wie 'n Baby«, kommt es von Kai.

Er schlägt sich feixend auf die Schenkel und sieht sich Beifall heischend um, so als hätte er etwas unfassbar Lustiges von sich gegeben. Dabei war es einfach nur gemein!

»Schluss jetzt!«, fordert Papa ihn auf. »So genau wollten wir das gar nicht wissen. Außerdem gibt es im Augenblick wirklich Wichtigeres.«

Er tritt an mir vorbei, drückt die Terrassentür auf und steckt seinen Kopf ins Wohnzimmer.

»Mutter?«, ruft er. »Muddi? … Bist du da drin?«

Offenbar bekommt er keine Antwort, denn jetzt streift er hastig seine Schuhe ab und verschwindet im Haus.

»Pack endlich mal aus!«, ruft Malte.

Er fischt ein in rotes Glitzerpapier eingewickeltes Päckchen vom Tisch und hält es mir entgegen. Dabei hibbelt er ungeduldig mit den Fersen auf und ab.

»Gleich, mein Süßer«, erwidere ich, streiche ihm kurz über die Nase und lege das Geschenk zu den anderen zurück. »Sobald Oma Grizabella wieder aufgetaucht ist.«

»Das kann dauern«, meldet sich die holde Sandrina überraschend zu Wort.

Sie trägt ihren schicken Wollmantel und die Absatzstiefel und steht ein wenig abseits, so als wollte sie demonstrieren, dass sie nicht zu uns gehört. Dabei sind Tante Sybille, Onkel Rainer, Kai und Klarissa ebenso fein herausgeputzt wie sie.

Onkel Lothar marschiert unruhig zwischen uns und seiner Holden auf und ab.

»Ja, so ist das nun mal mit diesen alten Damen«, erklärt Sandrina schnippisch. »Aber das will hier offenbar keiner wahrhaben!«

Alle starren sie an.

Dann fliegt mein Blick zu Sünje, und ich bin mir sicher, dass in ihren Augen dieselbe Frage steht wie in meinen:

Ist es möglich, dass Onkel Lothars Flamme etwas mit Oma Grizabellas Verschwinden zu tun hat? Obwohl sie die ganze Zeit hier bei uns gewesen ist?

»Wie darf ich denn das verstehen?«, fragt Tante Ulla scharf.

Onkel Lothar hebt sofort beschwichtigend die Hände.

»Sie hat es nicht so gemeint«, versucht er, uns weiszumachen, doch in diesem Punkt hat er sich gründlich getäuscht.

»Und wie ich das habe!«, faucht die holde Sandrina. »Seit Jahren kümmert sich Lothar nun schon aufopferungsvoll um eure Mutter, und zu keinem Zeitpunkt hat sich einer von euch Gedanken darüber gemacht, welche Bürde er damit auf sich genommen hat.«

In den Gesichtern der Erwachsenen spiegelt sich Erstaunen.

»Soweit ich weiß, macht er das freiwillig«, entgegnet Tante Ulla. »Wenn es ihn zu sehr belastet, hätte er ja mal etwas sagen können«, setzt sie hinzu und wendet sich dabei an Onkel Lothar. »Oder?«

»Ja, also …«, druckst der. Unschlüssig guckt er zwischen Tante Ulla und Tante Sybille hin und her.

»Ich hab doch gewusst, dass du ein Feigling bist«, blafft die holde Sandrina. »Jetzt erkläre deinen Geschwistern gefälligst, was …«

Weiter kommt sie nicht, denn in dieser Sekunde taucht Papa in der Terrassentür auf. »Ich habe das gesamte Erdgeschoss abgesucht«, verkündet er atemlos. »Oma Grizabella ist wie vom Erdboden verschluckt.«

Von der Bühne gekickt

Als wäre eine alte Dame im Rollstuhl so etwas wie eine winzige Maus, die sich in den Zwischenböden von Kleiderschränken oder Vorhangfalten verstecken könnte, rennen sofort alle ins Haus, um noch einmal jeden Winkel nach Oma Grizabella abzusuchen.

»Irgendjemand hat sie endgültig von der Bühne gekickt«, murmele ich, während ich – meine Winterboots in der Hand – Wohnzimmer und Küche durchquere und schließlich im Flur lande. »Und das kann eigentlich nur die holde Sandrina gewesen sein.«

»Was redest du denn da?«, höre ich Ludvig fragen.

Erst jetzt wird mir bewusst, dass er mir die ganze Zeit keine Sekunde von der Seite gewichen ist. Das Tablett mit dem Schokotörtchen und unseren beiden heruntergebrannten Wunschkerzen scheint er irgendwo abgestellt zu haben.

»Hat Sünje dir gar nichts erzählt?«, frage ich verwundert. »Über Sandrinas Koffer und den Streit, den ich zwischen ihr und meinem Onkel belauscht habe?«

Ludvig zieht seine Schultern bis zu den Ohren hoch. »Nein! Wann denn? Ich habe sie in den letzten Tagen ja kaum zu Gesicht gekriegt. Außerdem redet sie nicht über Familienangelegenheiten.«

Genau wie du, denke ich bei mir, und dann erkläre ich ihm in kurzen, hastigen Sätzen die Situation. – Natürlich erst, nachdem ich mich vergewissert habe, dass niemand in der Nähe ist.

»Mannomann.« Ludvig schüttelt finster den Kopf. »Das ist so typisch! Diejenigen, die genügend Platz und Geld zur Verfügung haben, wollen sich nicht um ihre alten, schwachen oder kranken Eltern kümmern und schieben sie einfach ab. Dass dein Onkel das ausgerechnet an Weihnachten versucht, ist allerdings ein starkes Stück!«

»Wahrscheinlich denkt er, dass mein Vater und seine Schwestern sich gerade jetzt besonders leicht erweichen lassen und keiner sich traut, Oma Grizabella zu sagen, dass sie auch keinen Platz für sie haben«, überlege ich.

»Oder er hat sogar schon etwas mit seinen Geschwistern ausgehandelt und deine Oma wird dann vor vollendete Tatsachen gestellt«, meint Ludvig.

»Nee«, wende ich ein. »Das glaube ich nicht. Ich vermute, dass diese blöde Sandrina hinter allem steckt. Vermutlich hat sie Oma Grizabella weggeschafft.«

»Unsinn!«, widerspricht Ludvig. »Dazu hatte sie ja wohl kaum die Gelegenheit.«

»Stimmt«, brumme ich und verdränge energisch das Bild, das in dieser Sekunde auf meiner inneren Kinoleinwand aufflackert: Oma Grizabella ohne Mütze, Schal und Decke in einer hauchdünnen Bluse mitten im Schneegestöber. – Zusammengekauert, zitternd vor Kälte und mit blau gefrorenen Lippen. »Trotzdem trau ich der keinen Zentimeter über den Weg.«

»Also, eine Hexe, die deine Großmutter einfach unsichtbar gezaubert hat, ist sie sicher nicht«, versucht Ludvig, mich zu beruhigen. »Und im Schnee kommt man mit einem Rollstuhl so gut wie gar nicht voran.«

»Das mag ja alles sein«, erwidere ich aufgebracht, »ändert aber nichts daran, dass Oma Grizabella sich anscheinend in Luft aufgelöst hat. Der Weihnachtsmann wird sie jedenfalls nicht entführt haben!«

»Na gut«, sagt Ludvig entschlossen und schlüpft in seine Stiefel. »Dann suchen wir jetzt eben die Hallig nach ihr ab.«

Auch ich ziehe meine Boots wieder an.

Ludvig öffnet die Haustür und ich folge ihm hinaus.

»Was habt ihr denn vor?«, kräht Klarissa hinter uns.

Wie ein Schneeball in Pink kommt sie aus dem Haus geschossen, hakt sich bei Ludvig unter und grient ihn an.

»Na, was wohl?«, brummt er. »Eine verloren gegangene Katze suchen.«

»Echt jetzt?« Klarissa zieht eine Grimasse. »Die Katze ist auch weg?«

Ludvig zuckt mit den Schultern. »Klar.« Er versucht, sich von ihr loszumachen, aber meine Cousine rückt nur noch näher an ihn ran.

»Die anderen sind bei den Schafen«, sagt sie. »Da will ich nicht hin. Ich kann die Viecher nicht ausstehen. Außerdem hat Onkel Olaf den Köter da angebunden.«

»Das hat er garantiert nicht«, gebe ich zurück. »Außerdem ist Kowalsky ein ziemlich gut erzogener *Hund*.«

»Ja, ja«, tönt Klarissa, »und ich kenne jemanden, der ohne Unterhose schläft.«

Oh, wie gerne würde ich darauf etwas Intelligentes antworten, doch stattdessen bleibt mir die Luft weg und außer einem »Wärrrg!« bringe ich gar nichts heraus. Verbissen kämpfe ich gegen die aufsteigende Wut in meinem Bauch und die Hitze in meinem Gesicht an. Diese dumme Pute! Zieht alle Register und schreckt offenbar vor gar nichts zurück!

»Wie nett«, sagt Ludvig und zwinkert mir zu. »Dann sind wir ja schon zu zweit.«

Puh! Verlegen weiche ich seinem Blick aus. Meine Glühbirne ist mir ultrapeinlich, und im Stillen verfluche ich mich dafür, dass ich nicht auch einfach mal so cool reagieren kann wie er. Ludvigs Lässigkeit haut mich echt vom Hocker.

»Also, Leonie und ich begeben uns jetzt auf jeden Fall zu den anderen in den Schafstall«, fährt er an meine Cousine gewandt fort. »Gut möglich, dass eure Oma dort hingegangen ist. Vor ein paar Tagen sind hier die ersten Lämmer geboren. Das hat ihr ziemlich gut gefallen.«

»Gegangen … ts!« Klarissa tippt sich an die Stirn. »Du bist vielleicht witzig.«

»Wenn das ein Kompliment sein soll …«, brummt Ludvig. »Dann ist es leider missglückt«, raunt er mir ins Ohr.

Klarissa ruckelt an seinem Arm. »He, hallo! Hier bin ich!«

»Oh, Entschuldigung«, meint Ludvig mit einem schiefen Grinsen in meine Richtung und wendet sich ihr dann langsam wieder zu.

»Kein Thema.« Jetzt strahlt sie ihn an, als wäre er der Christbaum höchstpersönlich. »Leonie kann ja nachsehen«, schlägt sie vor. »Und ich zeig dir so lange was.«

»Aha«, erwidert Ludvig. »Und was?«

Klarissa klammert sich noch ein bisschen fester an seinen Arm. »Überraschung«, quietscht sie.

Obwohl ich eigentlich nicht zu Gewaltausbrüchen neige, überkommt mich für einen kurzen Moment das Verlangen, ihr eine reinzuhauen. Der Umstand, dass sie sich zwischen Ludvig und mich drängt und, ohne rot zu werden, intime Dinge über mich herumposaunt, wiegt dabei längst nicht so schwer wie die Tatsache, dass sie Oma Grizabellas Verschwinden offenbar überhaupt nicht beunruhigt. Ich begreife einfach nicht, wie man so sein kann. Mittlerweile würde es mich nicht mehr wundern, wenn sich am Ende herausstellt, dass meine Stuttgarter Verwandtschaft die ganze Zeit mit Onkel Lothar und seiner holden Sandrina unter einer Decke gesteckt hat.

Vielleicht haben sie sogar die Pflegerin aus Hamburg dafür bezahlt, Oma Grizabella in eine Falle zu locken. Das zumindest würde erklären, wieso meine Großmutter verschwinden konnte, während mir alle anderen zum Geburtstag gratulierten.

»Ich möchte wissen, was mit deiner Oma passiert ist«, höre ich Ludvig sagen. »Du nicht?«

»Ach, sollen sich doch die Erwachsenen darum kümmern«, entgegnet Klarissa. »Die werden sie schon finden. Zum Glück ist bis zur Bescherung ja noch ein bisschen Zeit.«

»Es gibt keine Bescherung«, stelle ich klar.

»Ja, für dich vielleicht nicht«, blafft Klarissa. »*Meine* Mutter hat alle Geschenke für Kai und mich mitgenommen.«

Das war aber so nicht abgemacht, will ich einwenden, beschließe jedoch, meine Klappe zu halten. Mir ist inzwischen völlig egal, wie der Heilige Abend und mein Geburtstag verlaufen. Alles, was ich möchte, ist, Oma Grizabella gesund und unversehrt in meine Arme zu schließen. Und das so bald wie möglich.

Ludvig öffnet gerade den Mund, um etwas zu erwidern, da bemerken wir eine Gestalt in einem bunt geblümten Kleid und einer viel zu großen Strickjacke vom Gästehaus in Richtung Schafstall hasten.

»Wer ist denn das schon wieder?«, murmele ich und denke natürlich sofort an Oma Grizabellas mysteriöse Pflegerin, doch dann stößt Ludvig »Sünje!« hervor und schon fällt es mir wie Schuppen von den Augen: Meine Cousine hat es irgendwie geschafft, unbemerkt in Onkel Lothars Zimmer zu gelangen, und hat Sandrinas Koffer geplündert.

»Was hat sie bloß vor?«, wispere ich.

»Das frage ich mich auch«, sagt Ludvig.

Mit einem kräftigen Ruck befreit er sich aus Klarissas Klammergriff.

Und dann rennen wir los.

Als wir den Stall erreichen, ist Sünje schon darin abgetaucht.

»Was soll das?«, schallt Tante Ullas Stimme uns entgegen. »Und was hast du da überhaupt für Klamotten an?«

Völlig aus der Puste stolpere ich über die Schwelle und da stehen sie alle versammelt: meine Eltern, Anna-Sophia, meine Onkel und Tanten, meine Cousins, die holde Sandrina und Sünje in ihrem seltsamen Outfit.

Heftig nach Atem ringend, lehne ich mich gegen einen Balken, während Ludvig mitten im Eingangstor auf der Stelle verharrt.

Onkel Olaf hält den aufgeregt kläffenden Kowalsky am Halsband fest. Tante Sybille, Onkel Rainer und Kai sind bemüht, ausreichend Abstand von ihm zu halten. Die holde Sandrina starrt wie gebannt auf Sünje. Ihr rot geschminkter Mund klappt lautlos wie bei einem Karpfen auf und zu. Ganz offensichtlich hat es ihr die Sprache verschlagen.

»Die Klamotten sind aus Sandrinas Koffer«, sagt Sünje.

»Wie bitte?«, stößt Tante Ulla aus. »Du bist in ihrem Zimmer gewesen? ... Und hast in ihren Sachen gewühlt?«

»Ja, hab ich.« Sünje reckt trotzig ihr Kinn hervor. »Dies hier sind Oma Grizabellas Kleider.« Sie zupft an dem geblümten Rock, der unter dem dunkelbraunen Strickblazer hervorschaut. »Der ganze Koffer ist voll davon. Wintersachen, Sommersachen, Tücher, Handschuhe und Schals.«

»Willst du damit etwa sagen, dass Sandrina all das gestohlen hat?«, erwidert Tante Ulla scharf.

Onkel Lothar zuckt unter ihrer Frage merklich zusammen. Aus seinem Gesicht ist sämtliche Farbe gewichen. Seine Augen funkeln und um seine fest aufeinandergepressten Lippen haben sich kleine Zornesfalten gebildet.

»Nein, Mama, gestohlen hat sie die Sachen nicht«, beeilt Sünje sich zu erklären, bevor Onkel Lothar womöglich noch lospoltern kann. »Zumindest nicht direkt. Ich fürchte, sie hatte etwas ganz anderes damit vor. Hier, schau …« Meine Cousine zieht einen Prospekt unter dem Blazer hervor und hält ihn ihrer Mutter entgegen.

»Was ist denn das?«, fragt Tante Ulla, während sie danach greift und stirnrunzelnd einen Blick darauf wirft.

Onkel Lothar fixiert seine Holde.

»Das würde mich allerdings auch interessieren«, zischt er, und nun erinnert sich der Karpfen daran, dass er eigentlich ein Mensch ist und sprechen kann.

»Ja, wenn *du* die Angelegenheit nicht geregelt bekommst!«, blafft Sandrina. »Irgendjemand musste ja schließlich die Initiative ergreifen.«

Onkel Lothar schließt kurz die Augen und holt einmal tief Luft.

»Wovon redest du?«

»Vom Seniorenstift *Wonnepool*«, platzt es aus Sünje heraus. »Die Anmeldung ist bereits ausgefüllt. Sie gilt ab dem 1. Januar. Das Apartment ist aber praktischerweise bereits am 27. Dezember bezugsfertig.«

»Moment mal ...« Papa schüttelt unwillig den Kopf. »Ich glaube, ich verstehe nicht ganz.«

»Was gibt es denn daran nicht zu verstehen?«, fährt Sandrina ihn an. Sie macht einen Schritt vor und reißt Tante Ulla den Prospekt aus der Hand. »Ihr könnt euch natürlich immer noch darüber abstimmen, ob einer von euch sie bei sich aufnehmen möchte. Mir kommt deine Mutter jedenfalls nicht mehr ins Haus!«

Mit jeder Silbe wird ihre Stimme lauter und schriller, und nachdem das letzte Wort verklungen ist, herrscht eine geradezu elektrisierende Stille im Stall. Selbst Kowalsky ist verstummt und auch die Schafe geben keinen einzigen Laut mehr von sich.

»Bööööh!« – »Määäh!« – »Mbööööh-Mbä-Mböm!«

Es klingt fast ein bisschen wie *Oh, Tannenbaum*, so als wollten uns die Tiere schließlich daran erinnern, dass es heute eigentlich etwas zu feiern gibt. Doch danach ist nun wohl endgültig keinem mehr zumute.

Mit klopfendem Herzen warte ich darauf, was als Nächstes passieren wird, da löst Ludvig sich von der Torschwelle.

Er berührt mich flüchtig an der Schulter und raunt mir »Ich glaube, ich hab eine Idee« ins Ohr.

Er geht auf Onkel Olaf zu und schiebt seine Hand unter Kowalskys Halsband. Sünjes Vater sieht ihn fragend an, lässt den Hund jedoch nach einem kurzen Zögern los.

Ludvig führt ihn zu mir, und plötzlich ist mir klar, was er vorhat. Kowalsky, die Petze! – Natürlich! Dass ich da nicht selbst draufgekommen bin!

Sünje schaut zu uns herüber und nickt mir zu. Offenbar hat auch sie begriffen. Ich nicke ebenfalls und husche dann eilig mit Ludvig und Kowalsky ins Freie.

Im selben Moment bricht im Stall ein Donnerwetter aus. Die Stimmen überschlagen sich, und von dem, was da gebrüllt wird, ist kaum ein Wort zu verstehen. Arme Sünje! Im Gegensatz zu uns kann sie jetzt nicht einfach flüchten. Ich hätte ihr zu gerne beigestanden, aber das, was Ludvig und ich vorhaben, ist mindestens genauso wichtig.

»Wir hätten Finn und Malte mitnehmen sollen«, stoße ich hervor, während ich mich bemühe, mit Ludvig Schritt zu halten.

Er hat seine Finger von Kowalskys Halsband gelöst und der weißgraue Mischling tobt nun mit aufgeregten Sprüngen neben uns her.

»Keine Sorge, die werden sich schon noch verdrücken«, gibt Ludvig zurück. »Gonne, dein anderer Cousin und deine Schwester hören sich das Theater doch garantiert auch nicht an.«

»Aber dann ist Sünje ja ganz allein!«, rufe ich.

»Wenn einer von uns damit fertig wird, dann sie«, meint Ludvig. »Sie hat genau gewusst, was sie tut.«

»Ja. Und sie hat das einzig Richtige getan«, bestätige ich ein wenig beklommen. »Ich wette, Oma Grizabella hat die Sachen auch gesehen.«

Mittlerweile haben wir den Eingang des Gästehauses

erreicht. Dummerweise besitzt die Tür außen keine Klinke – und natürlich ist sie nicht einfach nur angelehnt.

»Wäre ja auch zu schön gewesen«, grummelt Ludvig.

Er will sich bereits abwenden, da fliegt sie plötzlich auf. Ein pinkfarbener Arm krallt sich in seinen Anorak und zerrt ihn ins Haus.

»Der Köter bleibt draußen!«, kreischt Klarissa.

Das könnte dir so passen, denke ich und werfe mich gegen die zufallende Tür. Nahezu zeitgleich flutscht Kowalsky zwischen meinen Beinen hindurch und verbeißt sich knurrend in Klarissas fellbesetzte Schneeboots.

Meine Cousine bekommt einen Schreikrampf und fängt wie eine Bekloppte an, um sich zu treten.

»Aus!«, brüllt Ludvig und zu meinem Erstaunen gehorcht Kowalsky aufs Wort.

Augenblicklich lässt er von Klarissas Stiefel ab. Er setzt sich hin, klopft mit seinem Schwanz sachte auf den Boden und guckt dabei so treuherzig, als könnte er kein Wässerchen trüben.

»Und jetzt verschwinde!«, zischt Ludvig. »Sonst hetz ich ihn dir auf den Hals.«

Klarissa verzieht das Gesicht.

»Du bist so ein Idiot!«, faucht sie. »Was willst du denn von der?«

»Ich mag Leonie«, sagt Ludvig mit ruhiger, fester Stimme und sieht meiner Cousine dabei direkt in die Augen. »Ich mag sie sogar sehr ... Und jetzt würde ich gerne ein bisschen mit ihr allein sein, wenn du verstehst, was ich meine ...«

»Pah!«, schnaubt Klarissa und zischt an uns und Kowalsky vorbei nach draußen. »Und ich hetz euch meine Mutter auf den Hals. Worauf ihr euch verlassen könnt!«

»Meinetwegen«, brummt Ludwig und grinst mich an. »Bis die hier ist, sind wir nämlich längst über alle Berge.«

»Was?«, brüllt Klarissa über die Schulter zurück, doch Ludvig wirft ihr nur ein Kussmündchen zu und drückt dann schnell die Tür ins Schloss.

Verblüfft sehe ich ihn an. Kaum zu glauben, dass dieser Junge und der Scheue unter seiner Kapuze neben Hinnerk auf dem Kutschbock ein und derselbe sein soll!

»Weißt du, welches Zimmer sie hat?«, fragt er, während wir den Flur entlangeilen.

»Nur so ungefähr.«

Die ersten drei Türen sind verschlossen, doch die vierte lässt sich öffnen, und bereits auf den ersten Blick ist klar, dass wir hier richtig sind.

Das Zimmer ist aufgeräumt. Auf dem Nachttisch liegen Medikamentenschachteln, eine Zeitschrift und ein aufgeschlagenes Buch. Unschlüssig nimmt Ludvig den Kleiderschrank ins Visier.

»Wir brauchen was Getragenes.«

Klar.

»Vielleicht im Badezimmer«, sage ich, da fällt mir etwas Blaues ins Auge, das unter der Bettdecke hervorlugt und sich bei näherer Betrachtung als Bettjäckchen entpuppt.

»Perfekt«, freut sich Ludvig.

Ich lasse Kowalsky daran schnuppern, tätschele ihm den Kopf und befehle: »So, und jetzt such! … Such!«

Im Nebel

Nachdem Kowalsky sämtliche Ecken von Oma Grizabellas Zimmer abgeschnüffelt hat, gibt er ein leises Winseln von sich und flitzt dann ganz unvermittelt in den Flur hinaus, sodass Ludvig und ich ihm kaum hinterherkommen.

»Nicht so schnell!«, rufe ich. »Warte, Kowalsky!«

Doch der Mischling kümmert sich weder um mein Geschrei noch um Ludvigs »Stopp!«- »Sitz!«- und »Bleib!«-Befehle, sondern rennt stur auf die Eingangstür zu und verschwindet nach draußen.

Ludvig und ich bleiben wie angewurzelt stehen.

Klarissa!, durchzuckt es mich. Sie muss zurückgekommen sein. Wer sonst sollte die Tür aufgestellt haben?

Aus einem der hinteren Zimmer ertönt ein Poltern.

Wie auf Kommando fahren Ludvig und ich herum.

»Was war das?«, wispert er.

»Oma Grizabella?«, raune ich hoffnungsvoll. »Vielleicht durchsucht sie Sandrinas Sachen nach weiteren Beweisen.«

Ludvig überlegt, dann schüttelt er unwillig den Kopf. »Glaub ich nicht. Was Sünje gefunden hat, ist doch Beweis genug.«

»Schauen wir doch einfach nach.«

»Kowalsky wäre dann allerdings über alle Berge«, erwidert Ludvig. »Ich wette, er hat eine Spur. Wir müssen uns entscheiden. Und zwar schnell.«

»Okay«, sage ich und laufe schon los. »Dann lass uns Kowalsky folgen.« Ich nicke in die Richtung, aus der das Poltern gekommen ist. »Bestimmt sind das nur Gonne und meine Schwester, die sich das Gezänk der Erwachsenen nicht weiter anhören wollten.«

»Gut möglich«, meint Ludvig, während er mir hinterherrennt. »Oder dein Onkel und seine Flamme haben sich klammheimlich aus dem Staub gemacht, packen gerade ihre Siebensachen und versuchen, auf den letzten Drücker die Hallig zu verlassen. Sie könnten es sogar tatsächlich noch schaffen. Bei abnehmendem Mond steigt die Flut nämlich nicht so hoch.«

»Mit ihrem ganzen Gepäck?«, frage ich zweifelnd.

»Vielleicht nehmen sie ja nicht alles mit«, spekuliert Ludvig.

Hm. Das wäre durchaus möglich. »Den Koffer mit Oma Grizabellas Klamotten brauchen sie ja nicht mehr.«

Bei dem Gedanken an meine Großmutter breiten sich Kälte und Beklommenheit in mir aus. Wo mag sie bloß stecken?

Inzwischen haben wir die Weide mit dem kaputten Zaun erreicht. Der Nebel hat sich etwas gelichtet, besonders weit reicht unser Blick aber dennoch nicht.

»Kannst du Kowalsky hier irgendwo entdecken?«, frage ich.

»Nein.« Ludvig hat seine Hände in den Jackentaschen vergraben und sieht sich mit zusammengekniffenen Augen um. »Ich fürchte, wir waren nicht schnell genug.«

»Ach, verdammt!«, fluche ich. »Und Spuren gibt es auch keine«, setze ich hinzu, während ich die Fußstapfen betrachte, die wir im verharschten Schnee hinterlassen haben.

»Da wäre ich mir gar nicht mal so sicher«, murmelt Ludvig. »Auf den Wegen zwischen den beiden Gebäuden und dem Stall gibt es viele verschiedene Abdrücke und …« Er bricht ab und stupst mich mit der Schulter an. »Komm!«, fordert er mich auf und läuft mit schnellen Schritten in Richtung Haupthaus zurück.

Abermals renne ich ihm völlig kopflos hinterher.

»Was hast du denn jetzt schon wieder vor?«, schnaufe ich.

»Vielleicht haben wir ja was übersehen«, antwortet Ludvig knapp.

Mehr kriege ich leider nicht aus ihm heraus.

Als wir die Stelle erreichen, an der die Wege zwischen Wohn- und Gästehaus und Stall einander kreuzen, bleibt er mit einem Ruck stehen und betrachtet eingehend das Spuren-Gewirr im Schnee. Hauptsächlich sind es große und kleine Schuhstapfen, die ich nur schwer zuordnen kann. Lediglich die Abdrücke von Frau Etepetetes und Kowalskys Pfoten sind klar zu erkennen. Und dann gibt es noch die Huf- und Radspuren, die Hinnerk heute Morgen mit seinem Gespann hinterlassen hat.

»Schau mal hier«, sagt Ludvig plötzlich. Er geht in die

Hocke und zeichnet mit dem Finger einen circa dreißig Zentimeter langen schmalen Abdruck nach. »Der könnte doch von einem Rollstuhl stammen!«

»Aber dann müsste es noch eine zweite Spur geben, die parallel dazu verläuft«, wende ich ein.

»In diesem Chaos hier?« Jetzt schüttelt Ludvig den Kopf. »Die Abdrücke laufen alle ineinander und zum größten Teil sind sie verwischt.«

Er richtet sich wieder auf und dreht sich dem Festland zu.

In all dem Dunst bemerke ich ein Licht, das in gleichförmigen Abständen aufblitzt, kurz den Horizont erhellt und dann sofort wieder verlischt.

Der Leuchtturm! Das muss das Licht des Leuchtturms sein, das den Schiffen im Nebel ihren Weg weist.

»Du glaubst doch nicht im Ernst, dass Oma Grizabella mit ihrem Rollstuhl ins Watt hinausgefahren ist«, sage ich, doch schon im nächsten Moment wird mir klar, dass es genauso gewesen sein muss.

Ich sehe Oma Grizabella und Freya Hannsen vor mir, wie die beiden miteinander geredet und gelacht haben. Das wirkte total vertraut. Und mit einem Mal fügt sich eins ins andere.

»Deine Tante!«, platzt es aus mir heraus. »Oma Grizabella will zu deiner Tante! Du hast es wahrscheinlich nicht mitbekommen, aber die beiden haben sich prächtig verstanden.«

Ludvig schürzt die Lippen. »Na, dann hoffen wir mal, dass sie dort auch angekommen ist.«

Er zieht ein Smartphone aus seiner Jackentasche, tippt auf dem Display herum und hält es sich ans Ohr.

»Sie geht nicht ran«, meint er nach einer Weile. »Und die Mailbox ist auch nicht aktiviert. Das ist so typisch«, schimpft er. »Tante Freya ist echt okay, in manchen Dingen lebt sie allerdings hinter dem Mond.«

Ohne lange zu überlegen, setze ich mich in Bewegung.

»Leonie!« Ludvig hechtet mir hinterher und hält mich an der Schulter fest. »Du willst doch wohl nicht da rüberlaufen!«

»Klar, warum denn nicht?«

»Weil es viel zu gefährlich ist«, erwidert Ludvig aufgebracht. »Bei diesem Nebel verliert man nämlich sofort die Orientierung.«

»Wieso denn?«, gebe ich zurück und richte meinen Finger auf das pulsierende Licht des Leuchtturms. »Wenn ich genau darauf zusteuere, werde ich wohl kaum auf dem Mond landen.«

»Ich rede nicht vom Mond!«

»Die Flut wird mich schon nicht kriegen«, sage ich und gebe mir große Mühe, zuversichtlich zu klingen. Tatsächlich habe ich eine Riesenangst davor, ins Watt hinauszulaufen. Doch davon will ich mich nicht beirren lassen. Mit Leonie Hasenfuß muss nun ein für alle Mal Schluss sein! »Du hast doch selber gesagt, dass das Meer bei abnehmendem Mond nicht so hoch steigt.«

»Ja, verdammt, aber die Priele laufen trotzdem voll!«, entgegnet Ludvig. »Ehe du dichs versiehst, bist du von Wasser umgeben. Und dann kannst du nicht mehr einfach geradeaus auf den Leuchtturm zulaufen. Nur jemand, der das Watt wie seine Westentasche kennt, hat überhaupt eine Chance, bei auflaufendem Wasser heil zum Festland zu kommen. Hinnerk ist so jemand, aber ich glaube, nicht einmal er würde sich zu Fuß bei diesem Nebel dort hinauswagen.«

Ludvig will sich gar nicht mehr beruhigen. Vor Aufregung haben sich auf seinen Wangen rote Flecken gebildet.

»Okay«, lenke ich ein. »Hast du eine andere Idee?«

»Allerdings!« Ludvig atmet erleichtert auf. »Ich finde, wir sollten mit deinen und Sünjes Eltern reden … ihnen sagen, was wir vermuten.«

»Hmm …« Unschlüssig schaue ich zum Stall zurück. Dort ist niemand zu sehen. Anstatt nach Oma Grizabella zu suchen, scheinen noch immer alle über Sünjes unerhörten Fund zu diskutieren. »Und was ist mit Kowalsky?«, frage ich. »Es würde mich schon interessieren, wo er abgeblieben ist.«

»Ach, der ist bestimmt auch zum Stall geflitzt«, erwidert Ludvig. »Immerhin ist Olaf sein Herrchen. Und wer weiß … Vielleicht ist deine Oma inzwischen längst aufgetaucht.«

Schön wär's, denke ich, als sich plötzlich ein grauweißer Schemen aus dem Nebel löst und vom Watt aus auf uns zuspringt.

»Kowalsky!«, rufe ich. »Da bist du ja!«

Ich beuge mich zu ihm hinunter, um ihn zu streicheln, doch er weicht mir aus und kläfft stattdessen Ludvig an.

»Spinnt der jetzt total?«, sage ich und tippe mir an die Stirn.

»Ich glaube, er hat etwas gefunden«, erwidert Ludvig. »Vielleicht …« Er schüttelt den Kopf und zupft mich am Jackenärmel. »Komm! Schnell! Wir müssen Hilfe holen.«

Ich starre ihn an. Dann zum Stall. Und schließlich ins Watt hinaus. Was, wenn Kowalsky Oma Grizabella tatsächlich aufgespürt hat? Wenn ihr etwas zugestoßen, sie womöglich aus ihrem Rollstuhl in einen vollgelaufenen Priel gefallen ist? Dann braucht sie wirklich unsere Hilfe. Und zwar sofort!

»Das dauert mir zu lange!«, stoße ich aus und renne los.

Ohne mich darum zu kümmern, was Ludvig tut – ob er mir folgt oder zurückbleibt –, stürze ich in den Nebel hinein, und noch ehe ich begreife, wie mir geschieht, bin ich wie abgeschnitten von der Welt. Unter mir der eisverharschte Wattboden und rund um mich herum eine dichte Wand aus hellem Dunst.

Panisch drehe ich mich um mich selbst. Einmal? Zweimal? Oder dreimal? – Keine Ahnung! Wo zum Teufel ist das pulsierende Licht des Leuchtturms? Freya Hannsen wird es doch wohl nicht ausgerechnet in diesem Augenblick abgeschaltet haben! Oder leuchtet es jetzt womöglich nur noch in eine ganz bestimmte Richtung, die ich nicht ausmachen kann?

Ich denke an die Schrecken meiner ersten Nacht auf dem Heuboden. Aber all das war nichts gegen das, was ich hier an diesem gespenstischen Ort empfinde. Noch nie, in meinem ganzen Leben nicht, habe ich eine solche Angst gehabt. Ich kann kaum noch atmen, so sehr schnürt sie mir den Brustkorb zu. Mein Herz rast und ohne Unterlass kreisen mir Ludvigs warnende Worte durchs Gehirn.

Ehe du dichs versiehst, bist du von Wasser umgeben … Nur jemand, der das Watt wie seine Westentasche kennt, hat überhaupt eine Chance, bei auflaufendem Wasser heil zum Festland zu kommen.

Was bin ich bloß für eine Idiotin! Selbst Kowalsky war schlau genug, mir nicht hinterherzurennen.

»Mama … Papa«, krächze ich. »Bitte, bitte, helft mir.«

Mein Hals fühlt sich so eng an, dass kaum ein Wort hindurchpasst. Dieses jämmerliche Gekrächze wird wohl kaum jemand hören können. Meine Eltern schon gar nicht. Sie wissen ja nicht mal, wo ich bin, geschweige denn, in welcher Gefahr ich mich befinde.

Okay, Leonie, sage ich mir und atme ein paarmal tief ein und aus. Es nützt weder dir noch Oma Grizabella etwas, wenn du durchdrehst. Ein kühler Kopf und ein klarer Verstand sind das, was du jetzt brauchst. Und dann wirst du auch wieder zur Hallig zurückfinden. Schließlich hast du eben nur wenige Schritte ins Watt hineingemacht. Lass es fünfzehn, allerhöchstens zwanzig gewesen sein.

Noch einmal versuche ich, das Licht des Leuchtturms auszumachen, doch wohin ich auch schaue, rund um mich herum ist der Nebel überall gleichförmig grau. Die Sichtweite beträgt allerhöchstens drei bis vier Meter.

»Immerhin«, murmele ich und setze mich in Bewegung. Ich zwinge mich dazu, langsam zu gehen, und zähle meine Schritte leise mit. »Eins … zwei … drei … vier …«

Als ich bei zwanzig angekommen bin, stoppe ich, drehe mich um hundertachtzig Grad und mache vierzig Schritte in die entgegengesetzte Richtung. Danach folgt eine weitere Drehung, diesmal um neunzig Grad, und abermals geht es zwanzig Schritte voraus und vierzig zurück.

Ich bleibe stehen und starre in den Nebel. Egal, wohin ich mich bewegt habe, es hat sich nicht das Geringste verändert. Nirgends ist auch nur der Ansatz eines dunklen Schemens zu erkennen, der auf die Wohngebäude oder den Stall hindeutet. Wenn ich eben noch den Hauch einer Orientierung hatte, so ist selbst dieser mittlerweile komplett verschwunden. Ich weiß schlicht nicht mehr, in welche Richtung ich gehen soll, und so bleibe ich einfach stehen.

Der Boden unter meinen Füßen ist relativ trocken. Wenn ich Glück habe, werden die Gezeiten das Meer gar nicht bis hierher kommen lassen. Das Vernünftigste ist es wohl, auf der Stelle auszuharren, zu hoffen, dass sich die Kälte nicht durch meine Klamotten frisst, und zu warten, bis der Nebel sich auflöst – oder mich doch noch irgendjemand findet.

Ludvig wird Hilfe holen. Da bin ich mir ganz sicher. Er wird meine Eltern alarmieren und die werden Kowalsky an meinen Sachen schnuppern lassen. Der Hund wird meinen Duft aufnehmen, ins Watt hinausflitzen und mich hier aufspüren. Allerdings … Oma Grizabella hat er nicht gefunden! Oh Mann! Vielleicht muss ein Hütehund das auch gar nicht können. Womöglich interessiert Kowalsky sich gar nicht für menschliche Gerüche, sondern folgt völlig anderen Instinkten.

Ich bin drauf und dran, erneut in Panik auszubrechen, als ich eine Berührung an meiner Schulter spüre. »Aah!«, schreie ich auf.

Nur einen Lidschlag später umfangen mich zwei Arme und Ludvig flüstert an meinem Ohr: »Ein Glück, ich hab dich.«

Ich bin so erleichtert, dass ich zu heulen anfange. Meine Knie zittern und mit ihnen der ganze Ludvig, der mich noch immer fest umschlungen hält. »Du hast mir so einen Schrecken eingejagt«, wispert er.

Und du erst, denke ich.

Kowalsky ist ebenfalls aufgetaucht und tobt nun bellend um uns herum.

»Es ist ein ekliges Gefühl, wenn man so hilflos ist«, stammelt Ludvig. »Wenn man Angst hat, etwas zu verlieren u-und … wenn man gar nichts tun kann!«

Schlagartig wird mir klar, dass ihn das Ganze hier an den Unfall seiner Eltern erinnern muss. Obwohl ich weder mit einem Surfboard noch sonst irgendwie im Meer verschwunden bin!

»Aber du hast doch etwas getan«, sage ich. »Du hast mich gefunden.«

Als Antwort drückt Ludvig mich noch fester an sich.

»Und solltest du vorhaben, mich zu ersticken, wärst du dem schon ziemlich nahe«, setze ich röchelnd hinzu.

Augenblicklich lässt Ludvig mich los.

»'tschuldigung«, murmelt er, dann fängt er an zu lachen. »Du bist vielleicht …!«, stößt er hervor.

»Was denn?«, frage ich übermütig.

»Na, witzig eben. Man könnte glatt vergessen, dass wir in Lebensgefahr schweben.«

Ich sehe in seine blitzenden Augen und auf einmal ist mein Herz so leicht wie eine Feder. »Tun wir das denn?«, gebe ich grinsend zurück. »Jetzt, wo du mich gefunden hast?«

»Allerdings«, erwidert Ludvig und zieht eine Grimasse, die ich nicht zu deuten vermag. Ist er belustigt? Will er mich auf den Arm nehmen? Oder ist er noch immer besorgt?

»Eigentlich können es nur ein paar wenige Schritte bis zur Grundstücksauffahrt sein«, meint er jetzt, fasst mich an der Hand und zieht mich mit sich. »Wir müssen bloß zurückgehen.«

Ich folge ihm widerstrebend.

»Bist du ganz sicher, dass es hier wirklich *zurückgeht*?«

»Nein«, sagt Ludvig und hält urplötzlich in seiner Bewegung inne. Wie hypnotisiert starrt er auf seine Boots, deren Sohlen von Wasser umspült werden. »So eine Scheiße!«, brüllt er.

Kowalsky fängt an zu kläffen und springt wie ein Bekloppter an uns auf und ab. Wasser spritzt umher, ein paar Tropfen landen direkt in meinem Gesicht.

»Dieser Hütehund taugt zu überhaupt nichts«, wettert Ludvig und tritt hastig wieder ins Trockene. »Eben hat er ewig gebraucht, um dich zu finden. Und jetzt? Statt uns nach Hause zu bringen, führt er sich auf, als ob er einen Dachschaden hätte.«

»Also, ich bin froh, dass er so einen Rabatz macht«, verteidige ich ihn. »Vielleicht hört Onkel Olaf sein Gebell und …« Ich breche ab, denn mit einem Mal erinnere ich mich an meinen ersten Tag mit Sünje im Stall, als Kowalsky Miss Etepetete suchen sollte.

»Look for Herrchen!«, befehle ich Kowalsky. »Na los, look for Olaf!« Auf der Stelle hört er auf zu hopsen. Er sieht mich kurz an und taucht schließlich schwanzwedelnd in den Nebel ab. Für ein paar Sekunden ist noch das Plitsch-Plitsch-Plitsch des Wassers unter seinen Pfoten zu hören, dann herrscht Stille.

»Tolle Wurst«, brummt Ludvig.

»Wenn er es schafft, meinen Onkel zu uns zu lotsen, hat er sich jedenfalls redlich eine verdient«, entgegne ich.

»Klar. Und sobald Olaf auftaucht, schicken wir Kowalsky los, um Ulla zu holen. Und so geht es dann immer weiter, bis wir hier irgendwann alle zusammen bis zum Hals im Wasser stehen und darauf warten, dass der Nebel sich endlich verzieht.«

»Bist du immer so pessimistisch?«, frage ich.

»Nö, aber …«

Weiter kommt Ludvig nicht, denn nun ertönt aus der Richtung, in die Kowalsky eben verschwunden ist, eine Männerstimme.

»Mutter? … Hallo?«

»Onkel Olaf!«, rufe ich. »Hierher! Hier sind wir!«

Winkend hüpfe ich auf und ab, was natürlich völlig ballaballa ist, weil er mich ja sowieso nicht sehen kann.

Ludvig fängt nun ebenfalls an zu schreien, darunter mischt sich das Gekläffe von Kowalsky und nur wenige Augenblicke später springt er aus dem Nebel auf uns zu. Ihm folgt ein weiterer großer Schemen und kurz darauf sehen wir uns nicht Onkel Olaf, sondern Onkel Lothar gegenüber. Seine schicken Lederschuhe sind von einer dünnen Schlammschicht überzogen und seine Hose ist bis zu den Knien pitschnass. Er starrt uns an, als kämen wir von einem fremden Planeten.

»Du?«, rufe ich überrascht. »Wo sind denn die anderen?«

»Noch im Stall«, ist seine knappe Antwort.

Irritiert sehe ich ihn an. »Aber wieso?«

»Ich war auf dem Weg zum Gästehaus, als plötzlich der Hund aus dem Watt auf mich zuschoss«, erwidert er. »Und jetzt kommt … bevor das Wasser noch höher steigt.«

Ehe ich michs versehe, hat er mich gepackt und über seine Schulter gehoben. »Bleib einfach dicht hinter mir«, weist er Ludvig an, und dann geht es los durch wadentiefes Meerwasser und eine Nebelwand, wie sie dichter kaum sein könnte.

»Habt ihr Oma Grizabella inzwischen gefunden?«, frage ich.

»Nein. Leider nicht«, gibt Onkel Lothar mit bebender Stimme zurück.

»Warum habt ihr auch …?«, beginne ich, doch mein

Onkel fährt sofort dazwischen. »Das ist eine Sache, die wir Erwachsenen untereinander zu klären haben.«

Stimmt. Aber wir Kinder sind nun mal ebenfalls davon betroffen.

»Wenn Oma Grizabella etwas passiert ist, dann …«

»Wirst du mir das nie verzeihen«, vollendet Onkel Lothar meinen Satz.

»Tut es dir denn gar nicht leid?«, frage ich.

»Ja, was denkst du denn?«, erwidert er aufbrausend. »Ehrlich gesagt, habe ich gar nicht damit gerechnet, euch hier zu finden.«

»Sondern Oma Grizabella!« – Logisch! Deshalb hat er uns eben auch so komisch angeguckt!

»Danke, dass Sie uns trotzdem mitnehmen«, brummt Ludvig.

»Na ja … jetzt, wo ich schon mal hier bin …«, gibt Onkel Lothar trocken zurück.

»Sehr witzig«, schnaubt Ludvig, woraufhin mein Onkel ihn mit einem finsteren Seitenblick bedenkt.

»Glaub mir, mein Junge, mir ist überhaupt nicht nach Scherzen zumute. Der Umstand, dass meine Mutter wie vom Erdboden verschluckt zu sein scheint, ist schon schlimm genug, aber dass ihr zwei euch in eine solche Gefahr gebracht habt, finde ich unverantwortlich.«

»Irgendjemand musste Oma Grizabella doch suchen«, rechtfertigte ich unsere Aktion. »*Ihr* habt euch doch nur gestritten!«

»Ja, ich weiß.« Onkel Lothar gibt ein leises Stöhnen von sich. »Eure Absicht war durchaus ehrenhaft. Deinen

Eltern werde ich dennoch nichts davon erzählen. Sie sollen sich nicht noch mehr aufregen.«

Ich murmele ein »Danke schön« und stelle zu meiner großen Erleichterung fest, dass mein Onkel und Ludvig wieder trockenen Boden unter den Füßen haben. Allerdings ist Ludvigs Jeans jetzt ebenfalls klatschnass.

»Du kannst eine Jogginghose von mir anziehen«, stelle ich ihm in Aussicht und bitte meinen Onkel, mich runterzulassen.

Er brummelt etwas Unverständliches, nachdem er meiner Bitte ein wenig zögerlich nachgekommen ist, und geht dann einfach weiter. Ludvig sieht mich stirnrunzelnd an und ich antworte mit einem Schulterzucken. Aus einem Teil meiner Verwandtschaft werde ich wohl nie schlau werden.

Kowalsky flitzt voraus und schon nach wenigen Schritten schälen sich die Wohngebäude aus dem Nebel. – Wir haben es geschafft! Bloß was Oma Grizabella betrifft, sind wir leider noch immer keinen Schritt weiter.

Verrückte Pläne

Als Ludvig und ich eine gute Viertelstunde später mit Kowalsky den Stall betreten, schlägt uns eine beklemmende Stille entgegen. Mama, Papa, Anna-Sophia, Sünje, Gonne und Tante Ulla hocken auf den Heuballen und sehen uns erwartungsvoll entgegen.

Sünje hat noch immer die Kleider von Oma Grizabella an. Ich beuge mich zu ihr runter und sage: »Wir haben sie nicht gefunden.«

»Aber wir haben eine Idee, wo sie sein könnte«, setzt Ludvig etwas lauter hinzu.

Er trägt ein paar übergroße Gummistiefel, die wir in einer Kiste neben der Garderobe gefunden haben, und dazu meine dunkelblaue Jogginghose. Sie sitzt ihm ein wenig knapp auf den Hüften und ist eine gute Handbreit zu kurz, beides fällt jedoch wegen seines Anoraks und der Gummistiefel nicht auf.

»Aha?« Tante Ulla hebt die Augenbrauen. »Und wo?«

»U-und wo?«, wiederholt Malte mit dünner Stimme.

Er sitzt auf Tante Ullas Schoß und hat sich in ihre Arme gekuschelt. Sein kleines Gesicht ist blass und seine Augen sehen verweint aus.

»Bei meiner Tante«, sagt Ludvig. »Ich habe schon versucht, sie zu erreichen, aber sie geht nicht ran.«

»Dann probier es doch bitte gleich noch mal«, fordert Papa ihn auf.

Mama schürzt nachdenklich die Lippen.

»Also, ich halte das für ausgeschlossen«, meint sie. »Oma Grizabella kann unmöglich mit dem Rollstuhl durchs Watt gefahren sein. Noch dazu bei diesem Nebel.«

Tante Ulla nickt stumm vor sich hin. Sünje und Anna-Sophia nagen nervös an der Unterlippe und auch Gonnes Miene drückt tiefe Besorgnis aus.

»Wie auch immer«, meldet sich Tante Sybille zu Wort. »Ich finde es unerhört!«

Sie, Onkel Rainer, Kai und Klarissa sind die Einzigen, die sich nicht hingesetzt haben. Offenbar befürchten sie, dass Heuspäne oder gar Schafmist an ihre guten Klamotten geraten könnten.

Onkel Rainer und Kai nicken artig, obwohl keinesfalls klar ist, was genau Tante Sybille denn nun unerhört findet, und es scheint auch niemanden zu interessieren – am wenigsten Klarissa, die vollauf damit beschäftigt ist, Ludvig tötende Blicke zuzuwerfen.

Der hat inzwischen sein Handy ans Ohr gelegt und lauscht angespannt hinein.

Ich bedeute Sünje, ein wenig zur Seite zu rutschen, und setze mich neben sie.

»Wo seid ihr gewesen?«, wispert sie in mein Ohr.

»Ach, bloß ein Stück in Richtung Watt«, gebe ich vage zurück, denn ich bin der Meinung, dass auch sie nicht alles wissen muss. »Und was ist mit deinem Vater und Finn?«, frage ich.

Sünje zeigt hinter sich. »Die sind bei Lisa und ihren Lämmern. Finn hilft Papa beim Ausmisten. Die beiden können nicht gut still sitzen. Warten, ohne etwas zu tun, macht sie verrückt. Finn befürchtet außerdem, dass Weihnachten dieses Jahr ins Wasser fällt.«

Womit er durchaus richtigliegen könnte! Und was mich angeht: Solange Oma Grizabellas Schicksal nicht geklärt ist, ist mir ohnehin nicht nach Feiern zumute.

»Noch immer nichts«, sagt Ludvig und lässt das Handy sinken.

»Wie spät ist es überhaupt?«, erkundigt sich Mama, während sie Ludvig mustert. »Müsste Hinnerk nicht bald schon …?«

Weiter kommt sie nicht, denn just in dieser Sekunde hören wir es: das Knirschen der Räder auf dem harschig gefrorenen Boden, das »Brrr!« des Kutschers und das Schnauben der Pferde.

»Da ist er ja!«

Sünje springt auf, rafft den blumenbedruckten Rock zusammen und stürmt an Ludvig vorbei zum Stalltor hinaus. Ich fliege ihr geradezu hinterher, höre noch, wie Tante Ulla nach Onkel Olaf und Finn ruft, dann bin ich bereits draußen.

Hinnerk hat die Kutsche unmittelbar vor dem verschneiten Plattenweg zum Stehen gebracht. Trotz der noch immer ziemlich miesen Lichtverhältnisse erkenne ich sofort, dass zwei Personen auf dem Bock sitzen.

Mein Herz macht einen Satz. Oma Grizabella!, durchzuckt es mich, doch schon im nächsten Moment wird mir klar, dass das nicht sein kann. Nirgends hat meine Großmutter es so bequem wie in ihrem Rollstuhl. Nie und nimmer würde sie dem eine harte Holzbank vorziehen.

Trotzdem laufe ich weiter, so schnell ich kann. Vielleicht weiß Hinnerk ja, wo sie abgeblieben ist. Und dieser Gedanke scheint auch Sünje zu ihm zu treiben.

Als ich die Hälfte der Strecke hinter mich gebracht habe, erkenne ich in der zweiten Person Freya Hannsen. Oje! Oje! Das bedeutet bestimmt nichts Gutes.

Hinter mir ertönt das dumpfe Getrappel unzähliger Füße und aufgeregtes Stimmengewirr. Ich sehe über meine Schulter zurück und bemerke Ludvig, der mich fast eingeholt hat. Gleich dahinter kommen Gonne, Anna-Sophia und Finn und mit etwas Abstand folgt der Rest meiner Verwandtschaft.

Ich laufe etwas langsamer, damit Ludvig zu mir aufschließen kann.

»Was macht Tante Freya denn hier?«, murmelt er, während er nach meiner Hand greift.

»Vielleicht will sie sichergehen, dass du Heiligabend auch wirklich bei ihr verbringst«, witzele ich.

»Unsinn«, sagt Ludvig ungeduldig, und schon bereue ich es, diesen dusseligen Scherz gemacht zu haben. Dabei wollte ich bloß ein bisschen Druck ablassen. Die Spannung in mir ist mittlerweile nämlich schier unerträglich geworden.

»Bist du jetzt sauer?«, frage ich und versuche, ihm meine Hand zu entziehen, doch Ludvig hält sie beharrlich fest.

»Noch mal Unsinn«, sagt er, streckt den Arm aus und deutet auf die Kutsche. »Kennst du die Frau dort?«

Wie bitte? Welche Frau?

Ich recke den Hals und nun sehe ich sie auch. Sie sitzt auf der hinteren Bank, ist von kräftiger Statur und scheint etwas älter als meine Mutter zu sein.

»Zu Hinnerk gehört sie jedenfalls nicht«, meint Ludvig. »Er hat keine Angehörigen mehr und feiert Heiligabend immer beim Pastor und seiner Familie. So wie einige andere Alleinstehende in unserer Gemeinde.«

Seltsam, denke ich. Was will eine wildfremde Frau an Weihnachten auf einer einsamen Hallig? Tante Ulla hat zumindest nicht davon gesprochen, dass sie über den Jahreswechsel noch Urlaubsgäste erwartet.

Vor Aufregung bekomme ich klamme Finger. Mein Herzschlag beschleunigt sich und mit ihm werden auch meine Schritte wieder schneller. Geradezu elektrisiert von einer Idee, die wie ein Blitz in meinen Kopf eingeschlagen ist, ziehe ich Ludvig hinter mir her. Bitte, bitte!, flehe ich.

Dann endlich erreichen wir die Kutsche. Sünje empfängt uns mit einem strahlenden Lächeln und mein Herz beginnt zu hüpfen.

»Ist sie okay?«, frage ich noch etwas ängstlich.

»Jap!«, triumphiert Sünje und stupst ihre Faust freundschaftlich gegen meine Schulter.

»Oma Grizabella!«, jubele ich, und jetzt gibt Ludvig auch meine Hand frei, damit ich die Gepäckladefläche erklimmen und meiner Großmutter in die Arme sinken kann. »Du bist wieder da!«, rufe ich. »Wo warst du denn nur?«

Tränen schießen mir in die Augen und tropfen auf das dicke Wolltuch, das um Oma Grizabellas Schultern gehüllt ist. Schluchzend und schniefend klammere ich mich an ihrem Hals fest. »Du hast uns einen Riesenschrecken eingejagt, weißt du das? Wir haben dich stundenlang gesucht!«

»Ach, Herrgott, Kindchen«, erwidert meine Großmutter bestürzt. »Das hat Sünje mich auch schon gefragt.« Sie schüttelt den Kopf. »Hast du denn meinen Geburtstagsbrief gar nicht gelesen?«

Was? Ich? – »Nein!«

Ich rücke von ihr ab und starre sie an.

»Ich habe ihn zu den Geschenken auf deinen Gabentisch gelegt«, erklärt Oma Grizabella. Sie zieht mich zu sich heran und streicht mir zärtlich über die Wange. »Es tut mir so leid«, sagt sie leise. »Ausgerechnet an deinem Ehrentag. Das war nun wirklich nicht meine Absicht. Aber ich war mir so sicher, dass du den Brief finden, lesen … und anschließend alle informieren würdest, die davon erfahren sollten.«

Ich verstehe überhaupt nichts und würde Oma Grizabella am liebsten mit tausend Fragen bestürmen, doch inzwischen haben auch alle anderen die Kutsche erreicht und umrunden die Gepäckladefläche, auf der sich außer meiner Großmutter und ihrem Rollstuhl noch ein Koffer und eine Reisetasche befinden.

»Oma! Oma! Oma!«, ruft Malte und hüpft wie ein kleiner Hase im Schnee herum.

Anna-Sophia, Gonne und Finn haben ihre Münder zu einem breiten Grinsen verzogen und auch Mama, Papa, Tante Ulla und Onkel Olaf sehen überglücklich aus. Tante Sybille und Onkel Rainer wirken ebenfalls erleichtert, nur Kai und Klarissa verziehen keine Miene. Als ob ihnen all das hier völlig egal wäre!

Überhaupt nicht angetan von Oma Grizabellas Bühnenauftritt scheint Onkel Lothar zu sein, der in dieser Sekunde krebsrot im Gesicht, mit zwei Koffern in den Händen und seiner Holden im Schlepptau vom Gästehaus auf uns zugelaufen kommt.

»Mutter!«, wettert er. »Was fällt dir ein, einfach so zu verschwinden? Ist dir eigentlich klar, was du uns damit angetan hast?«

»Schön, dass du dich freust, mich wiederzusehen, mein Junge«, gibt meine Großmutter mit einem Lächeln zurück. »In den letzten Wochen hatte ich nämlich zunehmend den Eindruck, dass du mich loswerden willst.«

»Wie bitte?«, entgegnet Onkel Lothar empört. »Wie kannst du nur so etwas denken!«

»Tja, was erwartest du?«, schnappt Sandrina. »Diese alten Herrschaften denken doch überhaupt nicht darüber nach, was sie den lieben langen Tag so daherreden.«

Onkel Lothar schnappt nach Luft. »Meine Mutter hat noch nie ...«, poltert er los, wendet sich mitten im Satz von ihr ab und der fremden Frau auf der hinteren Kutschbank zu, die das Geschehen mit interessierter Miene verfolgt.

»Entschuldigen Sie bitte, Frau Helmstedt ... Wenn ich Ihnen herunterhelfen dürfte ...«

»Haben Sie vielen herzlichen Dank«, erwidert die Frau und greift nach der Hand, die Onkel Lothar ihr entgegenstreckt.

Unterdessen öffnet Hinnerk die Ladeklappe, nimmt das Gepäck an sich und hievt anschließend mit Papas und Onkel Olafs Hilfe Oma Grizabella mitsamt ihrem Rollstuhl in den Schnee. Sofort versucht Malte, auf ihren Schoß zu klettern, doch Tante Ulla hält ihn am Arm zurück.

»Nicht mit deinen nassen Stiefeln«, ermahnt sie ihn. »Sobald wir im Haus sind, kannst du Oma Grizabella drücken.«

»Oh ja! Oh ja! Oh ja!«, jubelt Malte und führt seinen Schneehasentanz fort. »Oma Grizabella ist wieder da!«

Ludvigs Tante steigt ebenfalls von der Kutsche, ergreift die Reisetasche und gesellt sich zu der fremden Frau, die inzwischen den Koffer zu sich herangezogen und neben sich abgestellt hat.

»Ja, also dann ...«, Sandrina wendet sich Tante Ulla zu, »bedanke ich mich für Ihre Gastfreundschaft. Ich hatte mir Ihre Zimmer allerdings ein wenig komfortabler vorgestellt. Ach ja ... und an Ihrer Stelle würde ich mir die Schneidezähne richten lassen. Bei der Suche nach einem Kieferorthopäden kann ich Ihnen gerne behilflich sein.«

Tante Ulla stößt einen Schwall Luft aus. Dann lächelt

sie so breit, dass alle Anwesenden ihre gesamte obere Zahnreihe auf Karies überprüfen könnten.

»Herzlichen Dank«, sagt sie, »aber um mich brauchst du dir nun wirklich keine Sorgen zu machen. Ich bin rundum glücklich und zufrieden.«

»Meine liebe Sandrina«, mischt Onkel Lothar sich mit ungeduldigem Unterton in der Stimme ein. »Ich glaube nicht, dass deine Meinung noch irgendjemanden hier interessiert. Wenn du gestattest, werde ich jetzt dein Gepäck aufladen und danach meine Mutter ins Haus bringen.«

»Ach, mein lieber Junge!« Oma Grizabella beugt sich vor und verpasst meinem Onkel einen Klaps auf den Hintern. »Ein Gentleman wie eh und je!«

»Was auch immer du damit andeuten willst …«, brummt Onkel Lothar. Er schiebt Sandrinas Koffer auf die Ladefläche, küsst die Luft rechts und links von ihren Wangen und deutet auf die Kutsche. »Ich wünsche dir ein gesegnetes Fest und viel Glück bei der Partnersuche im nächsten Jahr!«

»Heißt das, ihr habt euch getrennt?«, erkundigt sich Tante Sybille.

»Allerdings«, erwidert Onkel Lothar, tritt einen Schritt zurück und tut so, als hätte er Oma Grizabellas spitzbübisches Lächeln nicht bemerkt.

Hinnerk erklimmt den Kutschbock und greift nach den Zügeln. »Wir müssen uns sputen, damit wir es noch zum Festland schaffen. Fröhliche Weihnachten!«, wünscht er uns und schnalzt mit der Zunge.

Die Haflinger schnauben. Ruckelnd setzt die Kutsche sich in Bewegung.

»Fröhliche Weihnachten!«, rufen wir im Chor zurück.

Die holde Sandrina wirft ihren Kopf in den Nacken, reckt die Nase in den nebelverhangenen Himmel und würdigt uns keines Blickes mehr.

»Und was ist mit Frau Hannsen und ihrem Neffen?«, will Tante Sybille wissen. Sie zieht die Mundwinkel ein und mustert die Frau, die Onkel Lothar Frau Helmstedt genannt hat, ungeniert von oben bis unten. »Und … ähm … dieser Dame dort?«

»Liebes, Frau Helmstedt ist meine Pflegerin«, erwidert Oma Grizabella milde. »Das müsstest du doch eigentlich wissen.«

»Nun … äh …« Tante Sybille räuspert sich. »Mag sein, dass Lothar ihren Namen einmal erwähnt hat.«

»Wie dem auch sei«, entgegnet meine Großmutter, »ich denke, dass wir für die drei noch Platz im Gästehaus finden werden.« Ihr Blick wandert zu Tante Ulla. »Vorausgesetzt, es ist dir recht, mein Engel?«

»Natürlich«, sagt meine Tante und öffnet ihre Arme. »Alles, was du willst. Aber jetzt gehen wir erst mal ins Haus.«

»Einen Moment noch«, widerspricht Oma Grizabella. »Zuerst möchte ich euch eine Mitteilung machen.«

»Du meinst wohl, eine Erklärung abgeben«, korrigiert Onkel Lothar.

»Nenn es, wie du willst«, gibt sie gelassen zurück. »Und beginnen wir doch gleich mit dir. Schließlich bist du nicht nur mein Ältester, sondern hast mir auch einige Jahre ein Dach über dem Kopf gewährt, wofür ich dir sehr dankbar bin.«

»Entschuldige bitte, das tue ich immer noch«, erinnert Onkel Lothar sie. »Jetzt, da ich wieder allein bin …«

»… und du Angst hast, dass dir das aufs Gemüt schlagen könnte«, fällt Oma Grizabella ihm ins Wort, woraufhin mein Onkel die Augen verdreht und erneut etwas einwenden will, doch meine Großmutter bringt ihn mit einer energischen Geste zum Schweigen.

»Ich habe mich in deiner feudalen Villa ohnehin nie wirklich zu Hause gefühlt«, erklärt sie nun und wieder sieht sie Tante Ulla an. »Am liebsten würde ich in der Natur und noch lieber hier auf Hilsum leben. Ich habe allerdings immer verstanden, dass du und Olaf mit der Schäferei, den Kindern und euren Gästen mehr als genug um die Ohren habt. Als Freya Hannsen mir dann von ihrem zuweilen recht einsamen Leben als Leuchtturmwärterin berichtete und wir feststellten, dass wir ganz ähnliche Interessen haben und uns ganz wunderbar verstehen, gebar mein gutes, altes Gehirn ganz schnell eine ziemlich verrückte Idee. Aber davon erzähle ich euch lieber erst später. Ich möchte meiner kleinen Leonie nämlich nicht die Show stehlen. Schließlich ist heute ihr Ehrentag. Und Weihnachten«, setzt sie mit einem Augenzwinkern in meine Richtung hinzu. »Kinder, Kinder!«, ruft sie dann und klatscht in die Hände. »Habt ihr eigentlich den Baum geschmückt?«

»Oh, oh, ich bin schon unterwegs zum Gästehaus«, erwidert Tante Sybille eifrig.

»Was willst du denn da, mein Kind?«, fragt Oma Grizabella und deutet auf die Eingangstür. »Ich dachte, sämtliche Feierlichkeiten finden im Wohnhaus statt.«

»Natürlich«, meint Tante Sybille kopfschüttelnd. »Aber ich muss noch rasch das Lametta, die Kugeln und die elektrischen Kerzen herüberholen.«

»Nix da!«, entgegnet Oma Grizabella. »Bei euch daheim kannst du den Baum schmücken, wie es dir gefällt. Dieses hier ist Ullas und Olafs Zuhause. Und wie ich die beiden kenne, bevorzugen sie Pfefferkuchenfiguren, Strohsterne und echte Kerzen.«

»Aha.« Tante Sybille kräuselt beleidigt die Lippen. »Und du bist also der Meinung, dass du mir nichts, dir nichts verschwinden, einfach wieder auftauchen und dann auch noch das große Wort führen musst, oder wie?«

»Nein, nein.« Oma Grizabella schüttelt lächelnd den Kopf. »Ich glaube nur, dass ich in den letzten Tagen das ein oder andere Mal zu intensiv geschwiegen habe. Und jetzt ab mit euch ins Haus«, wirft sie fröhlich hinterher. »Lasst uns die Gans in den Ofen schieben!«

»Oh ja!«, jubelt Sünje. »Und den Kaffeetisch für Leonies Geburtstagsfeier decken!«

»Gonne, Finn und ich helfen dir dabei«, ruft Anna-Sophia. »Kai und Klarissa natürlich auch … wenn sie mögen«, setzt sie mit einem Seitenblick auf unsere Stuttgarter Verwandtschaft hinzu.

»Leonie soll ihre Geschenke auspacken«, quäkt Malte. »Und ich helf ihr dabei.«

Innerhalb weniger Minuten verwandelt Malte die verschneite Terrasse in ein buntes Papiermeer.

»Oh, was ist denn das?«, ruft er. »Ein hübsches Armband! … und hier ein Dingsbums!« Malte hält mir einen quietschgrünen iPod-Shuffle entgegen. »So was will ich auch! Und dann noch ein Pulli … bitte schön!«

So schnell, wie er meine Geschenke zutage fördert, kann ich gar nicht gucken, und als er schließlich alles ausgepackt hat, verliert er sofort das Interesse, zieht seine Stiefel aus und verschwindet durch die Terrassentür zu den anderen ins Haus.

»Du freust dich ja gar nicht«, raunt Ludvig mir zu, der die ganze Zeit still neben mir gestanden hat.

»Doch«, sage ich und taste nach dem veilchenblauen Umschlag mit dem glitzernden Blütensticker, der ganz hinten auf dem Tisch liegt und von dem ich vermute, dass er von meiner Großmutter stammt. »Es ist nur … Ich bin so glücklich, dass Oma Grizabella nichts passiert ist. Und ich bin gespannt, wie es jetzt mit ihr weitergeht. Die ganzen Geschenke sind mir im Augenblick gar nicht so wichtig.«

»Hmmm, verstehe ich«, erwidert Ludvig. »Trotzdem würde ich gerne noch einen Augenblick mit dir allein sein. Du weißt schon … die Schokotorte …«

Ein unsicheres Lächeln huscht über sein Gesicht. Sein Blick ruht sehnsüchtig auf mir und ist so warm, dass er glatt den Schnee rund um uns herum zum Schmelzen bringen könnte.

»Okay …«, krächze ich und plötzlich ist mir ganz schwummerig zumute.

»Nicht weglaufen … ja?«, sagt Ludvig. »Ich hole sie und danach suchen wir uns ein ungestörtes Plätzchen.«

Ich nicke stumm und warte, bis er um die Ecke verschwunden ist, dann öffne ich den Umschlag und hole Oma Grizabellas Brief heraus.

Meine liebe Leonie,

ich gratuliere Dir von ganzem Herzen zu Deinem 13. Geburtstag und wünsche Dir alles erdenklich Liebe. Möge Dein Leben prall und fröhlich sein und alle Deine Herzenswünsche in Erfüllung gehen! Wenn Du dies liest, bin ich bereits auf dem Weg zu Freya Hannsen. Hinnerk war so nett, mich mitzunehmen, als er Ludvig heute Morgen hergefahren hat. Seine Tante und ich haben nämlich einen ganz formidablen Plan ausgeheckt, von dem es jetzt nur noch Frau Helmstedt, meine Pflegerin, zu überzeugen gilt, die bereits gestern Abend mit dem Zug angereist ist und im Leuchtturmwärterhaus übernachtet hat.

Wenn alles klappt, werde ich gar nicht mehr nach Hamburg zurückkehren, sondern gleich zusammen mit Frau Helmstedt bei Freya Hannsen einziehen. Platz hat sie offenbar mehr als genug und ich wollte schon immer hier am Meer leben. Das ist mein Herzenswunsch, der nun hoffentlich endlich in Erfüllung gehen wird. Ein bisschen nachgeholfen habe ich ja, aber das muss eben manchmal sein, wenn man nicht will, dass ausschließlich die anderen die Bühnengestaltung übernehmen.
Es gibt übrigens noch etwas, das ich mir sehr, sehr wünsche, nämlich, dass Du, liebe Leonie, mich möglichst oft hier besuchst. Mit deiner Cousine Sünje und mit Freyas Neffen Ludwig hast Du Dich doch sehr gut verstanden, nicht wahr?
Außerdem hat das kleine Bocklamm noch immer keinen Namen. Wenn Du ihm einen gäbest, hättest Du erst recht einen Grund, immer wieder hierherzukommen. Es wäre mir eine riesige Freude.

Deine Oma Grizabella

»Mir auch, Oma Grizabella«, murmele ich, falte den Brief zusammen und stecke ihn in den Umschlag zurück.

Und was für eine!

Am liebsten würde ich jetzt laut losjubeln. Das Schicksal meint es richtig gut mit mir und das ist das allerschönste Geburtstags-Weihnachts-Geschenk überhaupt.

Ich höre Schritte und drei Sekunden später steht Ludvig vor mir.

Allein bei seinem Anblick fängt es in meinem Bauch an zu kribbeln – so als ob hundert Schmetterlinge darin herumflatterten. Und das mitten im Winter!

»Happy birthday to you, happy birthday to youu ...«, singt er leise, stellt das Tablett mit der Schokotorte auf den Tisch und holt eine kleine Steckkerze, ein Feuerzeug und ein Taschenmesser aus seiner Jackentasche hervor.

»Wollten wir uns nicht ein ungestörtes Plätzchen suchen?«, frage ich und greife nach dem Tablett. »Ich glaube, ich wüsste eins«, sage ich und nicke zum Schafstall hinüber.

Und ich weiß auch schon, wie ich Lisas kleines Bocklamm nennen werde: nämlich Ludvig den II.

Patricia Schröder, 1960 geboren, lebt mit ihrem Mann, zwei Kindern und einer Handvoll Tieren auf der Insel Eiderstedt, wo sie als freie Autorin arbeitet. Sie begann mit Rundfunkessays, später kamen Texte für Anthologien dazu. Inzwischen sind von ihr zahlreiche Kinder- und Jugendromane veröffentlicht und in andere Sprachen übersetzt worden.

Ana Jeromin
Amaias Lied
Höre den Zauber
und du bist mein
240 Seiten. Gebunden
ISBN 978-3-649-61687-0
Auch als ebook erhältlich:
ISBN 978-3-649-62203-1

In verwinkelten Gassen, zwischen hoch aufragenden Häuserfassaden lauern sie: die verlorenen Kinder Barcelonas. Sie alle wurden von dem Lied der Hexe Amaia verzaubert und ziehen nun mit ihrem eigenen Gesang andere Kinder in Amaias Bann.

Als die 12-jährige Marja bei einem Ausflug in die spanische Metropole ihre Familie verliert, irrt sie verzweifelt durch die Stadt. Doch angelockt von einem wunderschönen Gesang, schöpft sie Hoffnung und folgt dem Klang – ohne zu ahnen, dass sie geradewegs in die Arme der Hexe läuft. Hat Marja noch eine Chance, dem Zauber zu entkommen?

Andrea Russo
Gestrandet auf Internat Bernstein
Band 1. 240 Seiten. Gebunden
ISBN 978-3-649-61532-3
Auch als ebook erhältlich:
ISBN 978-3-649-62202-4

Alles war perfekt, ganz ehrlich! Kira, Luca, Noah und ich haben jeden Tag im Schwimmbad rumgehangen, es gab Pommes spezial für alle und höchstens mal etwas Ärger mit meiner Schwester Katta. Und dann kommt meine Mutter plötzlich mit diesem Brief um die Ecke: »Wir freuen uns, Ihnen mitteilen zu dürfen, dass Ihre Tochter Paulina ein Stipendium auf Internat Schloss Bernstein erhalten hat.«

Mein Leben ist vorbei - was soll ich bitte auf einem Internat? Und dann auch noch eins auf einer Flussinsel! Der reinste Streberknast!

Aber Kira und ich haben schon den ultimativen Fluchtplan. Nach drei Tagen bin ich wieder raus. Spätestens!

Andrea Russo
Das Rätsel von Internat Bernstein
Band 2. 240 Seiten. Gebunden
ISBN 978-3-649-61917-8
Auch als ebook erhältlich:
ISBN 978-3-649-66794-0

Das ist ja wohl der Oberhammer: Unter unserem Schloss-Internat gibt es echte Geheimgänge! Ob die Schüler vom Festland wohl so auf unsere Insel gelangt sind? Wie hätten sie sonst Sir James, unseren Schul-Hahn, klauen können? Eins steht fest: Das zahlen wir diesen Typen vom Marie-Curie-Gymnasium heim.

Leider spinnt nebenbei auch noch unsere Oberzicke Fleur fiese Intrigen, unser Schul-Schönling weicht mir nicht von der Seite (grusel!) und ich weiß immer noch nicht, wie ich meiner besten Freundin Kira erklären soll, dass ich jetzt doch auf dem Internat bleiben will …

Habe ich schon erwähnt, dass mein Leben kompliziert ist?